第2版

【美】浦安迪 著

著作权合同登记号　图字:01－2015－2421

图书在版编目(CIP)数据

中国叙事学/(美)浦安迪(Andrew H. Plaks)著.—2版.—北京:北京大学出版社,2018.8
ISBN 978－7－301－29596－0

Ⅰ.①中…　Ⅱ.①浦…　Ⅲ.①叙述学—研究—中国　Ⅳ.①I045

中国版本图书馆CIP数据核字(2018)第121423号

书　　名　中国叙事学(第2版)
ZHONGGUO XUSHIXUE
著作责任者　〔美〕浦安迪(Andrew H. Plaks)
责任编辑　徐　迈　蒲南溪
标准书号　ISBN 978－7－301－29596－0
出版发行　北京大学出版社
地　　址　北京市海淀区成府路205号　100871
网　　址　http://www.pup.cn　新浪微博:@北京大学出版社
电子邮箱　编辑部 wsz@pup.cn　总编室 zpup@pup.cn
新浪微博　@北京大学出版社
电　　话　邮购部 62752015　发行部 62750672
编辑部 62752022
印 刷 者　河北博文科技印务有限公司
经 销 者　新华书店
787毫米×1092毫米　32开本　9.125印张　140千字
1996年3月第1版
2018年8月第2版　2025年2月第5次印刷
定　　价　45.00元

序

能请到浦安迪教授来北大比较文学与比较文化研究所讲一个学期课，真是喜何如之！

1981 年我在哈佛大学访问进修时，就读过他主编的《中国叙事文：批评与理论文汇》（普林斯顿大学出版社，1977）一书，其中有一篇《〈西游记〉和〈红楼梦〉的寓意》深深地吸引了我。我很喜欢他思考的深邃，视野的开阔和掌握资料的丰富翔实；甚至可以并不夸张地说，这本书在一定程度上激发了我对比较文学的兴趣，推动了我走向比较文学研究之路。不久，我又读了他的专著《〈红楼梦〉中的原型和寓意》，更加感到他的研究方法很好。他绝不将某种分析模式强加于中国文学，而是将中国文学置于非常丰富的世界文学发展脉络之中，从多种角度加以欣赏和分析，因而能开辟出许多新的视域和趣味。

浦安迪教授是一个很严肃的人，轻易不苟言笑，但却平易可亲，你会处处感到他的热心和真诚。他给我们研究所带来了新的教学方法，也带来了新的风气，他很能提出有启发性的问题，带动学生思考，展开不同意见的争论。遗憾的是1989年6月，他不得不中断讲学提前离去，但他对这第一次以中国学生为对象的未完成的课程，却始终未能忘怀。同学们也是一样，班上的学生将他的一些讲稿整理成文，刊载在《中国比较文学通讯》上，以飨广大比较文学爱好者。浦安迪教授一直认为这一讲稿不够完整和充分，现在又作了大量的改进和补充，构成了这部名为《中国叙事学》的讲演集。

北京大学得天独厚，总是有机会接触到许多世界第一流的专家学者，但他们往往是"来也匆匆，去也匆匆"，很难使学生更多受益。我们与北京大学出版社副总编辑张文定先生商议之后，认为出版一套"北大学术讲演丛书"是一个好主意，不仅可以将海内外专家带来的最新知识、最新学科信息保存下来，供北大师生研习，还可向社会推广，存诸史册，以备查阅。其实，这也是北大的一个学术传统。20年代，泰戈尔、罗素在北大的讲演稿，出版后在当时学术界产生了很大的影响。然而，在当今的"经济大潮"之中，一切都不能不经过"钱"的检验，难过"赔钱”这一关。正当我左思右想、提心吊胆之际，北京大学出版社已慨然将这一丛书列入了出版计划。我不能不佩服出版社领导人的高瞻远瞩，倒觉得自己真有点儿“以小人之心度君子之腹”了。值此丛书出版之际，特向有远见而不怕赔钱的出版社领导人致以最崇高的敬意。

乐黛云

1994 年 9 月

目　录

第一章　导言 ………………………………………… 1

一　缘起 ………………………………………………… 1

二　叙事与叙事文 ……………………………………… 3

三　西方与中国的叙事传统 …………………………… 7

四　叙述人的口吻 ……………………………………… 14

五　文人小说与“奇书文体” ………………………… 22

六　西方 Novel 与中国明清“奇书文体”的对比 …… 30

第二章　中国叙事传统中的神话与原型 …………… 41

一　中西神话的比较观 ………………………………… 41

二　希腊神话中的“叙述性”原型与中国神话中的“非叙述性”原型的比较研究 ……………………… 48

三　中国传统的对偶美学 ……………………………… 58

第三章 奇书文体的结构诸型 …………………………… 68
一 “缀段”结构纵横谈 …………………………… 68
二 奇书文体的“百回”定型结构 ………………… 77
三 “十回”主结构中的次结构 …………………… 85
四 “十回”结构的整体拼合图式 ………………… 90
五 奇书文体的高潮位置……………………………… 96
六 奇书文体的时空布局 …………………………… 102
七 奇书文体的“纹理”研究 ……………………… 110
八 结语 ……………………………………………… 120

第四章 中国奇书修辞形态研究 ………………………… 124
一 修辞形态研究的重要性 ………………………… 124
二 虚拟的“说书情境”
与奇书文体的修辞特色 ………………………… 125
三 人名双关语和文字游戏 ………………………… 130
四 诗、词、曲、歌的引录和插叙 ………………… 136
五 曲笔“翻案”和叙事角度的操纵 ……………… 146

第五章 奇书文体中的寓意问题 ………………………… 158
一 奇书文体与寓意 ………………………………… 158
二 “空”与“色”——《金瓶梅》中的寓意 …… 166
三 《西游记》中的寓意 …………………………… 175

四 《水浒传》中的寓意 …………………………… 183
五 《三国演义》中的寓意 ………………………… 192
六 《红楼梦》中的寓意 …………………………… 201

第六章 奇书文体与明清思想史通观 ……………… 213
一 奇书文体与宋明理学 …………………………… 213
二 《西游记》——“不正其心不诚其意” ……… 219
三 《金瓶梅》——“不修其身不齐其家” ……… 223
四 《水浒传》——“不治其国” ………………… 227
五 《三国演义》——“不平天下” ……………… 230
六 结语 ……………………………………………… 233

第七章 不是结语的结语 …………………………… 242
一 从明代思想史的变迁看奇书文体的形成 ……… 244
二 明代思想史特色与奇书文体的形成 …………… 246
三 传奇剧与奇书文体 ……………………………… 248
四 白话短篇小说与奇书文体 ……………………… 252
五 奇书文体与批评精神 …………………………… 254

附录 中国叙述传统中的抒情境界——《红楼梦》与
《儒林外史》读法 ………………………………… 256

第一章
导　　言

一　缘　　起

本书的缘起，要追溯到1989年3—5月的春夏之交。当时，我应乐黛云教授之邀，到北京大学为中文系和比较文学研究所的青年教师和研究生开设一门课程，题为“中国古典文学与叙事文学理论”。该课程的目标旨在从比较文学理论的角度，探讨中国古典小说的叙事方式，并且进一步阐明它与世界其他各国叙事文学的关联。这个讲题正好符合我多年以来教学和研究的兴趣。短短几个月的讲课令人难忘，当时课堂上的热烈讨论和有趣问难，至今仍历历犹在耳目，如今北京大学出版社有意为我出书，自然令人十分高兴。

这里，我首先要感谢东道主乐黛云教授，如果不是经由她的盛情邀请，本书今天就不会问世；其次，也要向当年曾在班上听讲和参加讨论的研究生们表示谢意。为了纪念这次燕园之行，本书行文中遇有讲课口吻的地方，大都一仍其旧，留作一份珍贵的回忆。然而，由于当年的讲课记录并不完整，借这次出版的机会，我对原记录稿作了较大幅度的修改。为了让更多的中国同行对我的观点的来龙去脉有一个总体的印象，我在书中添加了相当大篇幅的新内容，这些新的观点和材料，或取之于我的英文专著《〈红楼梦〉中的原型和寓意》（*Archetype and Allegory in the Dream of the Red Chamber*, 1976）和《明代小说四大奇书》（*The Four Masterworks of the Ming Novel*：*Ssu ta ch'i-shu*, 1987）[①]，或采之于我在过去二十年间主要用英文发表的许多篇论文里的内容。希望本书成为我对中国叙事文学理论的一个简论，欢迎中国学术界的各位同行们有所批评和指教。需要声明的是，我的研究方法侧重于理论分析和逻辑推抡，对于种种富于争议性的考据问题，因限于时间和篇幅，大都暂时存而不论。

---

① 有沈亨寿等中译本，中国和平出版社，1993 年版。

二 叙事与叙事文

“叙事”又称“叙述”，是中国文论里早就有的术语，近年用来翻译英文“narrative”一词。我们在这里所研究的“叙事”，与其说是指它在《康熙字典》里的古义，毋宁说是探索西方的“narrative”观念在中国古典文学中的运用。当我们涉及“叙事文学”这一概念时，所遇到的第一个问题就是：什么是叙事？简而言之，叙事就是“讲故事”，但如果追问什么情景才算是讲故事呢？问题就显得十分复杂，不同的学者，从各个不同的角度去研究，便可能出现分歧。首先，我们要肯定，“讲故事”是“叙事”这种文化活动的一个核心功能。古往今来的不少批评家都注意到了讲故事作为人类生活中一项必不可少的文化活动的意义，不讲故事则不成其为人。法国哲学家柏格森（Henri Bergson，1859—1914）指出，讲故事是人类文化中的功能之一，这一点今天已经没有太大的争议，但是故事采取怎样的讲法，则是人言人殊。法国当代文论家罗兰·巴特（Roland Barthes，1915—1980）在“叙事文的结构主义分析导论”一文中曾经这样说：叙述是在人类开蒙、发明语言之后，才出现的一种超越历史、超越文化的古老现象。叙述的媒介并不局限于语言，可以是电影、绘画、雕塑、幻灯、哑剧等等，也可以是上述各种媒介的混合。叙述的体式更是十分多样，或神话、或寓言、或史诗、或小说，甚至可以是教堂窗户玻璃上的彩绘，报章杂志里的新闻，乃至朋友之间的闲谈，任何时代，任何地方，任何社会，都少不了叙述。它从远古时代就开始存在，古往今来，哪里有人，哪里就有叙述。[①] 因此，研究叙述的视角可以相当多元，不妨从历史学、心理学、社会学、文化人类学、美学等各种不同的角度去分析去讨论。即使我们将讨论的范围仅仅局限于文学性叙事，研究的角度也依然五花八门。但是，说到底，叙事就是作者通过讲故事的方式把人生经验的本质和意义传示给他人。为了方便起见，我们不妨在这里把这个“说到底”，当作一个“简易定义”（minimal definition），来作为研究工作的出发点。

---

① 详参Barthes，“Introduction to the Structural Analysis of Narrative”（“叙事文的结构主义分析导论”），见巴氏著 *Image-Music-Text*（《意象·音乐·文本》），Fontana，1979年版，79页。此处系意译。

叙事的初步定义一经提出，第二个问题随之而来：何谓“叙事文”？或者说，什么是“叙事文学”这一特殊的文艺？我们知道，文学有三大体式（mode）：抒情诗、戏剧和叙事文（lyric，drama and narrative）。[①] 虽然，我们说叙事不外乎是一种传达人生经验本质和意义的文化媒介，但传达人生经验的本质和意义并不是叙事文独此一家的专利，戏剧和抒情诗的本义难道不也在于传达人生经验的本质和意义吗？因此，我们不妨设想抒情诗、戏剧和叙事文都是表现人生经验的本质和意义，但叙事文侧重于表现时间流中的人生经验，或者说侧重在时间流中展现人生的履历。任何叙事文，都要告诉读者，某一事件从某一点开始，经过一道规定的时间流程，而到某一点结束。因此，我们可以把它看成是一个充满动态的过程，亦即人生许多经验的一段一段的拼接。虽然人生经验的本质和意义归纳在叙事文的体式当中，但叙事文并不直接去描绘人生的本质，而以“传”（transmission）事为主要目标，告诉读者某一事件如何

---

① 中国批评界约定俗成地把 mode 翻译成为“文类”，在大学的教科书里也以诗、剧、小说三大文类并重。但我个人认为，mode 仍以译为“体式”更为确切。

在时间中流过，从而展现它的起讫和转折。[①] 我们可以这样说，抒情诗直接描绘静态的人生本质，但较少涉及时间演变的过程。戏剧关注的是人生矛盾，通过场面冲突和角色诉怀——即英文所谓的舞台“表现”（presentation）或“体现”（representation）——来传达人生的本质。唯有叙事文展示的是一个延绵不断的经验流（flow of experience）中的人生本质。

在初步区分了抒情诗、戏剧和叙事文表现人生经验的本质和意义的“方式”后，还有一个不同体式的文学作品在传达人生经验时的内容问题。假定我们将“事”，即人生经验的单元，作为计算的出发点，则在抒情诗、戏剧和叙事文这三种体式之中，以叙事文的构成单元为最大，抒情诗为最小，而戏剧则居于中间地位。抒情诗是一片一片地处理人生的经验，而叙事文则是一块一块地处理人生的经验。当然，我们事实上很难找到纯抒情

---

① 关于“传”事观念的详细讨论，见本章第五节，并可参拙作“Towards a Critical Theory of Chinese Narrative”（《中国叙事批评理论探考》），见拙编 *Chinese Narrative: Critical and Theoretical Essays*（《中国叙事文：批评与理论文汇》），Princeton University Press，1977 年版，312—314 页。中译有黎湘萍的节译，题为“关于中国叙事文学的批评理论”，见《中国比较文学》，总第六期，52—59 页。

诗、纯戏剧或者纯叙事文的作品。在具体的文学现象中，同一部作品往往可以同时包含上述三方面的因素，它们互相包容，互相渗透，难解难分。例如，大家公认《红楼梦》是一部伟大的叙事文学作品，但绝不能无视书中充满了诗、词、骚、赋乃至灯谜、对联等各种各样的抒情诗文体。[①] 又如，歌德著名的诗剧《浮士德》，亦戏亦诗，也明显地跨越了两个大文类。这样的例子，在中西文学各自的发展史上，实在举不胜举。

至此，我们又得到了关于叙事文的简易定义——叙事文是一种能以较大的单元容量传达时间流中人生经验的文学体式或类型。

三　西方与中国的叙事传统

有史以来，东西文化自有其各自独立的特殊形态，中国文学中“叙事”的含义也与西方文学中的

---

① 在美国汉学界，近二十年来就有关于中国叙事文中的“抒情境界”问题的讨论，可参高友工教授“Lyric Vision in Chinese Narrative：A Reading of Hong-lou Meng and Ju-lin Waishih”（《中国叙事传统中的抒情境界：〈红楼梦〉与〈儒林外史〉读法》），见 *Chinese Narrative*，227—243页。中译文见本书附录。

“narrative”的含义，在许多方面大异其趣。这里，我们要界定的第三个基本概念是“什么是中国的叙事传统”？为了回答这个问题，我们首先有必要简略地回顾一下以抒情诗为核心的中国古代文学传统与以早期叙事文学为核心的古代地中海传统，各自在本质上的区别，才能进一步澄清中西“叙事”观念上的重大歧异。

所谓古代地中海传统中的早期叙事文学，指的就是被誉为西方文学的最初源头之一的荷马史诗（epic）。从18世纪末开始到今天，西方的文学理论家经常把“史诗”看成是叙事文学的开山鼻祖，继之以中近世的“罗曼史”（romance）[1]，发展到18世纪和19世纪的长篇小说（novel）而蔚为大观，从而构成了一个经由“epic-romance-novel”一脉相承的主流叙事系统。[2]

史诗公认是西方古典文化的大集成，而novel是它

---

① Middle Ages约定俗成的中译为“中世纪”，我认为译为“中近世”更为贴切。又，今人或意译romance为“传奇”，甚易引起误解，所以这里仍用音译。

② 此说至20世纪初，经西方马克思主义文学理论家Georg Lukacs（卢卡奇）和M. M. Bakhtin（巴赫金）等人之手的提倡而大盛。参见Georg Lukacs，*The Theory of the Novel*（《小说的理论》），MIT Press，1977年版；以及M. M. Bakhtin，*The Dialogical Imagination*（《对话性想象》），University of Texas Press，1981年版。

的后继者。18 世纪和 19 世纪的西方长篇小说，在英语里是 novel，在法语里是 roman，在德语里是 roman，在意大利语里是 novela，在几乎所有主要的现代欧洲语言里均有同一的词源，而与其比较古老的形式“史诗”和“罗曼史”遥相对峙，薪火承传。换句话说，经过中近世和文艺复兴（the Renaissance）的漫长岁月，古希腊罗马时代的所谓西方古典史诗文化逐渐式微，几乎失传，但到了启蒙时代（the Enlightenment）之后，终于又重新脱胎而出，摇身一变，借 novel 的形式而复活了。许多西方的文学史家，把 novel 看成是一种新时代的特殊文化媒介（medium），用以表现启蒙时代以后的现代智慧大集成，而与古典的史诗遥相呼应。由于 novel 所代表的人生和艺术理想在整个西方叙事文体的发展过程中具有承接历史、维系传统的特殊地位，西方文学理论家们在批评 novel 的时候便往往会不期而然地根据他们对史诗的体会，运用一整套亚里士多德式的古典标准——诸如“结构完整性”和“时间秩序感”等等——来分析 novel 这种迟至十八九世纪才告正式诞生的新兴叙述文体。[①] 的确，史诗的精神气韵深深地印入了 novel 的血液中。离开了史诗和罗曼史的传统，novel 的出现和发展是很难想象的。因此，我们可以说，西方的 novel 不论是从创作的角度来看，还是就批评的立场而言，都源自于一个特殊的文化背景，完全不能作为一种“放之四海而皆准”的现成模式，随便套用到其他的文化传统中去。

反观中国的古代文学传统，与上述“epic - romance - novel”的脉络相异趣，其主流乃是“三百篇—骚—赋—乐府—律诗—词曲—小说”的传统。前者的重点在叙事，后者的重点在抒情。可见中西文学的传统，在源头、流向和重心等方面，都各异其趣。而这些异趣之处，又使我们的课题变得愈加复杂化：我们不仅要研究“叙事文学”在以抒情诗为重点的中国传统文学里的地位问题，而且还要研究中国叙事文学与世界其他各国的叙事文学之间的关联。

---

① 详参拙作“Full-length Hsiao-shuo and the Western Novel: A Generic Reappraisal”（《中西长篇小说类型再考》），见 *China and the West*（《中西比较文学论集》），The Chinese University of Hong Kong Press，1980 年版，163—176 页。有林夕的中译，收入周发祥编《中外比较文学译文集》，中国文联出版公司，1988 年版，197—218 页。

中国叙事文学可以追溯到《尚书》，至少可以说大盛于《左传》[1]，但是如果我们把研究的重心放在虚构性叙事文体（亦即英文中的 fiction）之上，则今天看得到的中国最古的小说，大概是六朝志怪[2]，然后中经变文与唐人传奇，发展到宋元之际开始分岔，其中一支沿着文言小说的路线发展，另一支则演化成为白话小说。前者以《阅微草堂笔记》和《聊斋志异》等清代文言小说为新的高峰，后者则以明代四大奇书和清代的《儒林外史》《红楼梦》为代表之作。明代是中国长篇章回小说创作的黄金时代，也是文人开始关心小说的滥觞期。在明清小说批评的领域里，文言小说与白话小说泾渭分明。文言小说研究的特点是寓批评于分类，主要由胡应麟和纪昀这样的史评家来措手；而白话小说的研究则是寓分类于批评，基本由金圣叹、李卓吾这样的才子

---

① 关于《左传》的叙事研究，近二十年来在美国已开始引起注意。读者如有兴趣可参阅下列文献：Ronald Egan，“Narrative in Tso-chuan”（《〈左传〉中的叙事文》），见 *Harvard Journal of Asiatic Studies*，37.2（1977），323—352 页；及王靖宇的“Early Chinese Narrative：The Tso-chuan as Example”（从《左传》看中国古代叙事作品），载拙编 *Chinese Narrative*，3—20 页。

② 此处从通行的说法。先秦寓言故事严格讲，不能称为小说，汉代小说又多伪托，而六朝则为小说真正风行的时代。

文人来进行。

文言小说虽然源远流长，但降至明代的胡应麟，才有了比较完整的分类体系。胡氏把小说分成六类：曰志怪，曰传奇，曰杂录，曰丛谭，曰辨订，曰箴规。而稍后清人纪昀奉旨编撰《四库全书总目提要》时乃分小说为杂事、异闻、琐语三派。近人鲁迅综合前人的各种分类，认为“叙事有条贯者为异闻”，可以归为“志怪”，而“著录细碎者为琐语”，不妨纳入“杂录”，而实际上小说只有两大类，即“志怪”和“杂录”。同时，他又注意到纪昀特地把《山海经》《穆天子传》从“史”部抽出，列入小说的范畴，“于是小说之志怪类中本非依托之史”，均遭驱逐，而史部从此“不容多含传说之书”。① 由此可见，文言小说与“四库”中的“子”部和“史”部都有关系。但就文类意义而言，它究竟更是接近于前者呢？还是更接近于后者？这个问题便成为学者们在分类时争论的焦点。然而，无论如何，正如词为诗余，曲为词余一样，古人是倾向于把文言小说视为“史余”。

---

① 鲁迅：《中国小说史略》，香港三联书店，1958 年第 1 版，4—6 页。

经过追本溯源的分析，我们可以清楚地看出，中国古代原始意义上的小说就文类意义而言，和我们常说的“明清小说”并不是一回事。前者是文言小说，后者是“章回小说”或“白话小说”。文言小说的源头何在？作为一种叙事文类，它在整个中国叙事传统里占有一个怎样的地位？这些关键的问题，经过从胡应麟到鲁迅几百年的努力，已经大致有了公认的答案。然而“明清章回小说”的情况却并不这样，关于它的源头和文类特征，关于它在中国叙事文学史上的地位和功能以及关于它与“文言小说”之间在文类意义上的关联，从明代到现在，批评家之间始终充满争论和歧见。

明人李卓吾认为，明清长篇章回小说既源于《史记》，又源于上古的诗文经典。[①] 清人金圣叹首创“才子书”说，使《水浒传》可以跻身于《庄》《骚》《史记》、杜诗之列，实际上是继承并发展了李卓吾的经、史、子“杂源”说。毛宗岗、张竹坡亦从不同的角度均主此说。降至今人胡适、鲁迅、郑振铎，则又别创所谓“通俗文学”说，认为它是从宋、元、明、清的说书艺人处脱胎而来，此说本是五四时期破文言、立白话的文

① 见李贽《焚书·童心说》，中华书局，1961 年版，98 页。

化思潮的支流，近一个世纪来则渐渐演化成学术界对明清章回小说的主流诠释。然而，无论如何，我们在这里可以肯定的是，中国明清章回小说的发展途径与西方 novel 的演化模式之间，并不存在直接的对应。不难想见，如果我们简单地把西方传统的叙事理论直接套用于中国明清小说的探讨，将会出现许多悖谬之处。因此，要运用比较文学的方法，来研究明清的长篇章回小说，尚有待于若干中间理论环节的建立。在本书导言的第四、五节里，我们将致力于此，一方面以西方叙述理论作为参照，另一方面对先秦以来中国叙事文体的整个演化过程进行一番认真的清理，最后才进入对于中国古典长篇小说的具体叙事分析。

四　叙述人的口吻

我们翻开某一篇叙事文学时，常常会感觉到至少有两种不同的声音同时存在，一种是事件本身的声音，另一种是讲述者的声音，也叫“叙述人的口吻”。叙述人的“口吻”有时要比事件本身更为重要。陈寿的《三国志》、罗贯中的《三国演义》和无名氏的《全相三国志平话》都在叙述三国的故事，但谁也不会否认它们是三本截然不同的书。这不仅因为它们各有不同的哲学深度，显示出不同的艺术质量，体现了不同的时代精神，而且更是因为它们代表三种不同的“叙述人的口吻”。陈寿用的是史臣的口吻，罗贯中用的是文人小说家的口吻，而无名氏用的是说书艺人的口吻。

史书里也不无类似的现象，读者也能在读史的时候感觉到“叙述人的口吻”的分量。看《史记》中的列传，我们会觉得许多地方隐隐约约有司马迁的声音，这种联系到他自身的悲剧而发出的发愤的声音，反映了司马迁特殊的口吻，从字里行间透露出他对历史事件独特而深刻的评价。后代的中国正史明显地继承了这一传统，并使之成为一种体例。正史重要的篇目后，往往要加上一个“史臣曰”（即“太史公曰”翻版）的尾巴，把史家的“叙述人的口吻”表现出来。[①] 我在导言中曾说过，在中国文学史上，虽然没有史诗，但在某种意义上史文、史书代替了史诗，起到了类似的美学作用。在

---

① 虽然《左传》已有“君子曰”的用法，但此体大盛于《史记》的“太史公曰”，当无疑义。此体不仅为正史袭用，而且影响到小说的创作，《聊斋志异》中的“异史氏曰”，仅是一例而已。

这里，我要进一步强调，在中国的史书中可以找到类似古希腊史诗的一系列叙事口吻的变化。中国史书虽然力图给我们造成一种客观记载的感觉，但实际上不外乎一种美学上的幻觉，是用各种人为的方法和手段造成的“拟客观”效果。

一翻开中国的正史，读者立刻会发现，中国叙事里的叙述者往往不是某一个作者，而是史臣的集体创作，这种情形在世界叙事文学史上是绝无仅有的一个例子。只有司马迁、班固、范晔和陈寿（或许还有欧阳修）是例外。伟大的叙事文学一定要有叙述人个性的介入，集体创作永远稍逊一筹。也许，这就是为什么前四史特别受人推崇的原因，尤其是《史记》，我们读到项羽兵困垓下、韩信受胯下之辱、荆轲刺秦王等等名篇时，总是无法不与司马迁本人的遭遇联系在一起。而前四史的叙事模式和后二十史的叙事模式之间的根本区别，至今还是一个有待于深入研究的问题。

由于中国历代长期形成的对史近乎宗教的狂热崇拜，也由于在清亡以前史料永远只对史官开放的历史事实，中国正史叙事者似乎总是摆出一副“全知全能者”的姿态；然而，这种全知全能却只是局限在冠冕堂皇的庙堂里。

它的触角甚至伸不进皇家的后院，当然更难看见“处江湖之远”的草民百姓的众生相。一种纯客观的叙事幻觉由此产生，并且成为一个经久不坏的模式，从史官实录到虚构文体，横贯中国叙事的各种文体。同时，我们必须注意到，断代史家们一方面保持新闻实录式的客观姿态，另一方面又以批评家或者评判人的姿态出现，从《左传》的“君子曰”到《史记》的“太史公曰”，再到后来各种断代史的“史臣曰”，均是明证。这种现象不仅说明了中国史文中有“叙中夹评”的传统，而且透露了史文中有所谓“多视角”的叙述观念，从而打破中国史文用文件和对话法造成的纯客观的假象。即使编年体史文的撰述方法，其实也是一种“剪贴术”，其中蕴有史家高度的“取舍”成分在内。野史中的叙述人更是不断地介入貌似客观的叙述之中。“演义”是一种跨“史文”与“小说”的骑墙文体。一方面，“楔子”里的“看官，且听道来”和“回末”的“欲知后事如何，且听下回分解”，明明道出了叙述人的侵入，另一方面，作者在正文里又时时营造“纯客观”的假象，好像他绝对“述而不作”，充其量只是把手头的现成史料凑成一编而已，甚至在历史演义中也有所谓“后学罗贯中编次”的说法。

综上所述，“叙述人”（narrator）的问题是一个核心问题，而“叙述人的口吻”问题，则是核心中的核心。

为了进一步说明问题，我们不妨取《史记·刺客列传》里写荆轲的那段名闻遐迩的范例，详加讨论，以观察“叙述人的口吻”在史书和史文里的重要意义，同时也可以看出叙述人如何有意识地把一个特定的“外形”套到事件的片段上，从而构成故事的骨架。首先，整个《刺客列传》记曹沫、专诸、豫让、聂政、荆轲五人之事，五个段落构成一个浑然的整体，而从“荆轲传”的实例，则可以进一步窥出司马迁是如何运用作品的分段手法来造成特殊的叙事效果。曾国藩认为，“荆轲传”可以分为十个段落，起于“荆轲交游踪迹”，继之以“燕丹与鞠武谋秦”“田光荐荆轲见燕丹”“荆轲入秦”“荆轲刺秦王不中”“秦灭燕”，而结于“高渐离鲁句践事”，段与段之间有十分复杂的相互照应笔法。[①] 桐城派这里所谓的“笔法”，在一定程度上相当于我所研究的“口吻”，曾国藩的“十段说”，在某种意义上来说，正

---

① 曾氏之评，详见《经史百家杂抄》卷十八。

是在研究各种不同的叙事口吻，如何在“荆轲传”里通过互相映衬而构成一张复杂的叙事修辞之网。

我的分段法与前人不同，我认为“荆轲传”大致可以分为两大部分，开始的几段简介荆轲的出身和交游，后半部分则通过不同的叙述层面，描述一种极其特殊的人生经验。读者会问，前面部分和后面“刺秦王”的高潮是如何联系起来的？如何造成一种平衡的感觉？如何使人感到一种首尾一致的逻辑关系？在前半部分里，荆轲似乎很缺少英气，甚至很怯弱，与燕太子交后也不马上出发，拖延了很长时间。而后面一下子出现“壮士一去不复还”的英雄气度。是不是有种前后不一致的感觉？还有，田光怎么就一眼看出他乃“非常人也”呢？同时，从结构上来看，前半部分节奏很慢，一过易水大大加快，进展神速。最后部分又让前面出过场的人物——高渐离——重新登场，从而达到结构上的平衡。整个“荆轲传”，从逻辑关系看有两种情况。一是一步一步发展到最后的首尾一致，还有就是乍看矛盾，但深入一步，就会发现其中有另一层微妙的内在意义。因为该传用一个个片段构成故事的主题的手法，暗暗反映了中国文化的二个重要观念，一为“知人”的观念：从这个角度看，我们觉得每一段都起作用，并不一定有具体的逻辑关系，这些小场面拼凑起来形成一种照应。二为"得时"的观念：从这个角度看，前面几段是时机未到，而后面则是危机到了，方显英雄本色，完成大事业。我个人认为，司马迁好像是在自觉阐述以上的两个问题。这就涉及叙述上的美学问题，而关键在于叙述人口吻的自觉运用。

由此可见，叙述人的口吻问题是研究中西叙事修辞形式的一个重要方面。罗伯特·施格尔斯（Robert Scholes）和罗伯特·凯洛格（Robert Kellogg）在《叙事的本质》（*Nature of Narrative*）一书里把"叙述者"作为一个区分西方三大文类的重要工具。抒情诗有叙述人（teller）但没有故事（tale），戏剧有场面和故事（scenes）而无叙述人（teller），只有叙事文学既有故事（tale）又有叙述人（teller）。而在叙事文学中，也有批评家们所谓的"展示"（show）与"演述"（tell）之间的区别，前者没有作者的声音，后者有作者的声音。凡此种种，都是从不同的角度强调"叙述人"的重要性。这种区别，又如何体现在我们的中国叙事文研究课题里呢？为了进一步说明问题，我从《三言二拍》中借用一个词，叫作“说话”。如果我们用“说话”代表小说的成品，那么“说话”的内容和原料，就是所谓的“故事”，而“说话人”则是把原料（故事）变为成品（说话）的关键因素。

在原料与成品之间，“说话人”地位的重要，是自不待言的。在一部叙事作品中，听“说话人”的声音往往比听故事重要得多，只听说评书《三国演义》有听众，没听说把正史《三国志》照念一遍会有多少文学听众。同一材料如“柳毅传书”或“待月西厢”的故事，在不同的时代、不同的作者、不同的说话人的手中，风格意义都不同，构成的“说话”也不同，显见叙述人的口吻意义重大。这也是世界文学史反复证明了的事实。唐璜和浮士德的材料在各国流传，构成的“说话”大不相同，即是此理。而构成“说话”的过程，在某种意义上讲，就是叙事的修辞过程。因而从“说话人”和“说话”的观念出发，来分析和界定叙事文学，应该是一个理想的角度。

五　文人小说与“奇书文体”

为了能在本书导言的下一节里，重点研究上文提出的中间理论环节问题，在本节里，我首先要简单地介绍一下我的看法中的两个核心观念：其一可暂名之曰“文人小说”论，其二则不妨且称之为“奇书文体”说。

先谈“文人小说”论。我的“文人小说”观念既是尝试针对20世纪学术界流行的“通俗文学”说，提出的一个反论；也是尝试对明清读书人视小说为“文人”之作的高见，进行的一番现代化的反思和重建。

前文曾经谈及，明清长篇章回小说的“通俗文学”说的成立，实始于五四运动前后，而尤得力于胡、鲁、郑三巨头的提倡。胡适对《水浒传》《西游记》等书的一系列考证文章的基础，就是基于它们是通俗文学的信念。鲁迅又说：“元明之演义，自来盛行民间，其书故甚伙，而史志皆不录。唯明王圻作《续文献通考》，高儒作《百川书志》，皆收《三国演义》及《水浒传》，清初钱曾作《也是园书目》，亦有通俗小说《三国志》

等三种。”[①] 鲁迅的说法，今人奉为佳圭，但细品其文意，其实不过是一种推测之词而已，代表了五四时代尊白话贬文言和重小说轻诗文的一种共同的思潮。

郑振铎在他的名著《中国俗文学史》和《插图本中国文学史》里也开宗明义地提出，明清长篇章回小说的源头是民间文学，并且确定，它最初出之于宋代的“讲史”。元、明、清之际，“讲史”和“平话”渐渐演变为一种可以广泛而深刻地反映社会历史生活的新文体，既有历史故事，如《三国演义》《五代史》；也有英雄的历险，像《西游记》《水浒传》；甚至还有社会人间的日常生活，如《金瓶梅》等等。郑氏从而把中国古典长篇小说几百年间的题材变化，概括为一个由“历史”而“英雄”而“平民”的历程。郑氏所设想的这一“平民化”的历程，进一步支持了他的“俗文学”理论框架。郑氏认为所谓“俗文学”，一定要以平民大众为读者对象的“口传文学”为基础，往往是无名氏的集体创作，糅合各种来自市井里巷的歌调、体裁和风物，才

① 《中国小说史略》，6页。

能拥有强大的生命力，形成前无古人的风格。[①] 从这种设想出发，他把明清章回小说看成是代复一代无名氏口耳相传的写本。

郑氏在他的上述名著里，运用翔实的资料，阐述他的论点，进而勾画了一幅从变文到讲史到话本到明清长篇小说的“中国叙事文学”的清晰发展图画。胡、鲁、郑三氏的观点影响了五四以后的几代学人，延续了大半个世纪，直到今天还余音宛在。其后的当代治中国小说史的学者，大都把明清长篇小说的出现，远托源于六朝志怪，而近归流于对宋元话本的模仿，进而根据后者而把它们纳入“俗文学”的框架之中。上述的小说史家们既然认定明清长篇章回小说是“俗文学”，便自然而然地把其中的“说书人”修辞手法——如开场的“楔子”，结尾的“欲知后事如何，且听下回分解”等等一一简单化地归结为话本的形式残余。[②]

我的基本观点和上述的小说史家们恰好相反。根据我的研究，明清长篇章回小说的六大名著与其说是在口

---

① 郑振铎《插图本中国文学史》，香港商务印书馆，1981 年版，699—726 页及 909—926 页。

② 其实，这是一个十分复杂的问题，可以导致大相径庭的结论，我们在本书稍后的各章里对此还要详加讨论。

传文学基础上的平民体创作，不如说是当时的一种特殊的文人创作，其中的巅峰之作更是出自于当时某些怀才不遇的高才文人——所谓“才子”——的手笔。我们不应忘记，“平民集体创作”说仅流行于20世纪的中国小说史研究界，而较古的明清学者却大部分都认为这些作品是文人的创作。我们不妨以《金瓶梅》为例，略作说明。《金瓶梅》的作者是谁？虽然在今天的学术界这仍是个谜，但当它在明末问世的时候却并不如此。沈德符读后相信，它是“嘉靖间某大名士”所作。这一位“某名士”经过几度推敲，被沈氏认定为王世贞。以《金瓶梅》的技术和才气而论，它只有出自王世贞这样的大文豪的手笔，方始不奇。[①] 此说流行了三百余年，甚至近人鲁迅也说：“作者之于世情，盖诚极洞达，凡所形容，或条畅，或曲折，或刻露而尽相，或幽伏而含义，或一时并写两面，使之相形，变幻之情，随在显见，同时说部，无以上之，故世以为非王世贞不能作。”[②] 虽然，明清两代关于长篇章回小说的“文人创作”说，绝不是无

① 沈德符《万历野获编》、刘廷玑《在园杂志》、梁章钜《浪迹丛谈》均主此说。吴晗《金瓶梅与王世贞》反对此说，亦可参看。

② 《中国小说史略》，142页。

因之论，但是由于前人没有提出系统的理论和确凿的证据，我们在今天翻查明清小说批评的文献时，所能找到的最多也只是一些支持此说的一鳞半爪的印象式评语，或者语焉不详的推测而已。

从阅读的直感出发，我认同明清读书人的看法，相信明清章回小说作为一种新兴的长篇虚构文体，是文人小说。然而，既然古人语焉不详，我们又如何才能把自己的阅读信念理论化呢？这个问题，便成为我在七八十年代间的主要研究课题，最后以 1987 年《明代小说四大奇书》的出版而告一段落。该书提出了我的“文人小说”理论，并进行了系统的讨论，而其中的核心观念便是“奇书文体”说。

谈到明清长篇章回体小说，通常人们所举的范例不出《三国演义》《水浒传》《西游记》《金瓶梅》《儒林外史》和《红楼梦》这六部经过时间汰选的经典之作。前四部就是名闻遐迩的所谓“明代四大奇书”，而后二部我们也不妨戏称为“清代两大奇书”。明清的读书人把这六部长篇章回体小说中的上乘之作，称为奇书的说法，屡见不鲜。他们甚至还进一步热衷于划定“奇书”的品第。如毛宗岗、张竹坡评定《金瓶梅》为“第一奇书”，就是一个有意义的例子。

所谓“奇书”，按字面解释原来只是“奇绝之书”的意思，它既可以指小说的内容之“奇”，也可以指小说的文笔之“奇”。然而，我认为古人专称《三国演义》《水浒传》《西游记》《金瓶梅》为四奇书，是有深意在焉的。首先，这一称谓本身便隐隐然设定了一条文类上的界限，从而把当时这四部经典的顶尖之作，与同时代的其他二三流的长篇章回体小说区别开来；其次，我在研究中经常问自己，为什么它们不是“三大奇书”，不是“五大奇书”，而偏偏是“四大奇书”呢？当然，最简单也最合乎情理的解释也许是，观乎有明一代，最伟大的长篇章回体小说正好只有四部。但是，我怀疑，在程、朱、陆、王的宋明理学思想弥漫一时、渗入社会的明末，“四”这个数字在此地的运用，也许会有某种特殊的隐义。根据这样的理解，我在研究中发现，这四部经典作品，其实孕育了一种在中国叙事史上独一无二的美学模范。而这种迟至明末才告成熟的美学模范，又凝聚为一种特殊的叙事文体。不幸的是，这一特殊文体的定义在中国文学批评史上向来乏人界定、殊难把握，甚至于缺少一个固定的名称。如果沿用旧说，仅仅泛泛地称之为“古典小说”或者“章回小说”，范围便不够明确，无法作为一种批评的工具。所以终无别法，只能退而使用“奇书”一语来界定这几部拥有共同美学原则的叙事文学作品，名之为“奇书文体”。

“奇书文体”有一整套固定而成熟的文体惯例，无论是就这套惯例的美学手法，还是就它的思想抱负而言，都反映了明清读书人的文学修养和趣味。它的美学模型可以从结构、修辞和思想内涵等各个方面进行探讨。对此的深入探讨将是本书以后各章的中心内容，而通过这些方面的具体研究，我们就会发现，这种文体较之于由市井里巷的说书艺人所创造的口传文学传统，其高深奥妙的程度，相去实在不可以道里计。当然，我这样说的用意，并不是要否认明末四大奇书曾从民间通俗文化里的口传资料中汲取养料的事实，而只是要强调指出，这些作品的最后“写定本”——即嘉靖和万历年间问世的《三国志通俗演义》《忠义水浒传》《金瓶梅词话》和世德堂本《西游记》——迥别于当时流行于世的通俗小说：从它们的刊刻始末、版式插图、首尾贯通的结构、变化万端的叙述口吻等等方面，一望可知那是与市井说书传统天地悬殊的深奥文艺。[①] 它与同时代的吴门文人画派、江南文人传奇剧其实同出一源，因此我认为，我们不妨借取“文人画”“文人剧”的命名方法，用“文人小说”来标榜“奇书文体”的特殊文化背景，庶几不辜负这些天才文人作家的突出艺术成就和一片苦心雅意。

众所周知，明代在中国文化发展史上是一个很重要的年代，政治、经济、思想、文化各方面都有重要的变化，我的研究不仅希望证实明清长篇章回小说是文人写的小说，而且要特别指出它是一种在文类意义上前无古人的崭新文体。它在本质上完全不同于宋元的通俗话本。它是当时文人精致文化的伟大代表，是明清之际的思想史发展在艺苑里投下的一个影子，是以王阳明为代表的宋明理学潜移默化地渗入文坛而创造出的崭新虚构文体。它前承《史记》，后启来者，把中国的叙事文体发展到虚构化的巅峰境界，经过若干中间理论环节的建立，完全可以与西方 novel 作跨越时空的横向比较，而

---

① 详见拙作《红楼梦与奇书文体》，为 1993 年中国古典小说国际研讨会（中国社科院文学所主办）的未刊会议论文。至于清代之《儒林外史》和《红楼梦》的创作与问世，显而易见，与说书传统无关，而是出自于文人之手。

为进一步建立中西叙事文学之间的有效对话而铺平道路。

六　西方 Novel 与中国明清“奇书文体”的对比

我在导言的第三节曾指出，严格地说，中国明清章回体长篇小说并不是一种与西方的 novel 完全等同的文类，二者既有各自不同的家谱，也有各自不同的文化功能。其实，19 世纪西学东渐以来，中国早期的近代翻译家如严复和林纾这一代人，经过苦心“格义”，把 novel 译成“小说”，在当时实在只是一种不得已的权宜之计。后来随着时间的推移，“小说”不仅成为今天 novel 的约定俗成的译名，而且在读者的心目中渐渐潜移默化地变成了 novel 的同义词。我们经常可以听到人们说“狄更斯的小说”“巴尔扎克的小说”，殊不知严格地说，狄更斯和巴尔扎克只写过 novel，而从未写过“小说”。正因为中国“明清长篇章回小说”很难有一个准确的英文翻译，我在 1980 年代以前的英文著作中，往往采用 Ming Qing full-length xiao-shuo（明清长篇小说）或者 The extended vernachlar prose fiction（明清长篇白话散文虚构性叙述文体）暂加借代。1987 年写成《明代小说四大奇书》以后，我则比较倾向于用“奇书文体”一词，指中国小说中的这一组巨著，而使焦点更加准确。

由于明清奇书文体和 novel 之间，有种种的不同，在进行比较研究之前，我们首先要探讨几个理论性的中间环节，以确立其可比性（comparability）。换句话说，我们先要论证，novel 与明清长篇奇书文体在理论上到底是不是属于“可互涵”的文类（compatible genres）？亦即从比较文学的观点出发，它们之间究竟有没有可比性？我对此的回答是基本肯定的。首先，从历史的角度看，中国明清奇书文体兴起的社会背景与西方 novel 诞生的社会背景在某些方面有类似之处。伊恩·瓦特（Ian Watt）在他的名著《小说的兴起》（*The Rise of the Novel*）中指出，西方小说的崛起，不仅仅是一个“epic-romance-novel”的文类演进的理论性过程，还有极其特殊而复杂的社会历史背景。瓦特认为，当时社会的都市化和商业化，工业革命、教育和印刷术的普及等等“非文学性”的因素，孕育了整个欧洲的中产阶级文化（bourgeois culture）的美学表现，最终促成了 novel 的兴起。如果没有这些社会历史的外在因素，也许 novel 就不会出现。从这个意义上来说，是西方近代的社会史、经济史、文化史孕育了西方近代的小说史。[1]

反观明清长篇章回小说兴起的历史背景，亦即 16—18 世纪的中国社会，居然与瓦特的分析也有几分相似。以南京、苏州、杭州、福州为中心的中国东南沿海和江南一带的商业化都市社会在宋、元、明三代逐渐成形，商业的繁华、市民阶级的出现、海上贸易的拓展，促成了戏曲、小说等都市文化的诞生。关于两宋都城的俗讲、勾栏娱乐之盛，孟元老的《东京梦华录》、吴自牧的《梦粱录》、耐得翁的《都城记胜》、周密的《武林旧事》等书都载之甚详，与瓦特描述的当时欧洲状况，不无共同的地方。值得注意的是，除了中国和欧洲各国以外，日本的散文虚构文体“假名草子”（kanazōshi）的出现，也与德川时代的都市商业文化，息息相关。由此可见，长篇白话虚构文体——奇书文体、假名草子、novel——诞生的社会历史背景，不独以欧洲为然，而具有某种跨国度、跨文化的共同意义。

以上我们从社会文化历史的角度，结合文学史，探讨了 novel 和明清长篇章回小说之间的“同”。现在，再

---

① 详参 *The Rise of the Novel*, Chatto, 1957 年版。

从文类发展的角度，研究其“异”。我在导言的第三节曾经谈到，epic - romance - novel 这三种主要叙事体式，在西方构成了一个相当完整的发展系统，它意味着从 epic 到 novel，是一个连续发展的文化过程。因此，在西方文学史上研究 novel，一定要注意史诗。这种宏观的处理使西方文学史家们得以一以贯之地建立一个整体性的叙事文学背景，给研究带来方便。然而，如果借助它来说明中国叙事文类的起源，或者建立中国文学史上叙事的整体观，显然存在许多疑问。

首先，就中国文学的历史而言，是否存在欧洲文学上的“史诗”（epic），至今仍然是一个争议不休的悬案。有人说有，有人说没有，有人说不发达。但是，不管怎么说，我们至少可以肯定，早期的中国文学里并没有史诗型的叙述文体可以与后来明清奇书文体相接续，因而也就妨碍西方 novel 的起源说在中国的直接应用。因此，中国明清奇书文体的历史源流，看来还必须重新回到中国的文化和文学传统本身中去寻找。

我认为，中国明清奇书文体的渊源与其说是在宋元民间的俗文学里，还不如说应该上溯到远自先秦的史籍，亦即后来“四库”中的“史部”。众所周知，从传统的目录学角度，经、史、子、集既是中国传统的书目体系，又代表了中国传统文化的分类纲目。经、史、子、集各部中都有叙事，经书中如《尚书》里有叙事；子部、集部中的叙事因素，更是显而易见。然而，我们这里要强调的是，在“四部”之中，“史”部相当庞大，在浩如烟海的古籍中占有不容忽视的地位。这不仅是因为二十四史卷帙浩繁，而且因为其他三部中也不乏“史”的影子，如《春秋》为六经之一，同时也是史。我认为，明清奇书文体作为一种 16 世纪的新兴虚构性叙事文体，与“史”的传统（特别是野史和外史）有着特别深厚而复杂的渊源。理由是多方面的。首先，明清长篇章回小说中有很大的一部分是所谓“演义”体历史小说（historical novel），其主人公在历史上往往实有其人，故事情节亦间或合乎史实，如《三国演义》《说岳全传》和《东周列国志》等都是。其次，明清奇书文体的形式和结构技巧也明显地师法于“史文”笔法，它包括“列传”体（biographical form），叙述的多重视角（multiple foci of narration）和叙述母题（narrative topoi and motifs）等等。[①] 可见中国旧称小说为“稗史”并非无根之谈，它一语道破了“历史叙述”（historical narrative）和“虚构叙述”（fictional narrative）之间的密切关联。中国古代的小说评点家金圣叹、毛宗岗等无不注意到了这一点，读者可详参金氏的《〈水浒传〉读法》和毛宗岗的《读〈三国演义〉法》，可惜中国五四以来的学者似乎始终忽视了这一层重要渊源而过分强调了宋元的口传文学的影响。

我在这里之所以十分强调史文，是因为至少在欧洲文学史上，人们研究早期叙事文和后来的 novel 时，总是时时要回到史诗中去；但是，把西方的定型套式运用到中国文学的研究上来，困难相当大，因为中国文学里有无史诗本身就是一个大问题；然而，从史文的研究出发，我们可以进一步这样假设，中国古代文学中虽然很难找到史诗文学作品，但史诗的美学作用还是存在的，并不缺乏。因为史书在中国文化中的地位有类似于史诗的功能，中国文学中虽然没有荷马，却有司马迁。《史记》既能“笼万物于形内”，有类似于史诗的包罗万象

---

① 详参拙作“Towards a Critical Theory of Chinese Narrative”，见 *Chinese Narrative*，309—355 页。

的宏观感（sense of monumentality），又醉心于经营一篇篇个人的“列传”，而令人油然想起史诗中对一个个英雄的描绘，从而无愧于古代文化大集成的浓缩体现。我们甚至可以这样说，中国古代虽然没有“史诗”，却有史诗的“美学理想”。这种“美学理想”就寄寓于“史”的形式之中而后启来者。它淹没在漫长的中古时代的风烟之中，经过魏晋南北朝，隋唐五代和宋、元交替间的历史动荡，一直等到明清奇书文体的出现，才重现异彩。同时，我们也注意到，在中国古代文化的传统中，史文与神话之间存在着一种特殊的共生关系，恰如希腊神话之与荷马史诗然；因此，我把神话也作为一个必不可少的因素，包括到我所设计的模式中去。[①] 如果这样的假设可以成立，我们就有可能以明清奇书文体的分析为中心，为中国的叙事文学寻找出一条与西方叙事文学相互对应的研究途径，从而真正进入世界性的叙事文学比较研究：中国叙事文的“神话—史文—明清奇书文体”发展途径，与西方“epic - romance - novel”的演变路线，无疑能构成一个有意义的对比。

---

① 关于中国神话与西方神话的异同，中国神话与“史”的特殊关系等问题，本书将在第二章里详细讨论。

然而，当我们把历史当作中国叙事文学的主要源头，也就是说用“史文”代替史诗的时候，也不能简单化地流于机械的套用，而必须正视并且解释我们所面临的理论观念上的问题：西方的史诗原则上是虚构艺术，只与历史传说有些微弱的关联；而中国的史文对于“虚构”与“实事”却从来就没有过严格的分界线。西方文学理论家一般认为，历史讲实事（fact），小说讲虚构（fiction）。中国古代批评家则强调，“历史中有小说、小说中有历史”[①]，“叙事”既包括小说也包括历史，章学诚在《丙辰札记》中所谓“七分实事三分虚构”或“三分实事七分虚构”，说的便是这个意思。从中国文化的叙事审美角度来看，“实”与“虚”并非简单地处于对立状态，二者常有互补的部分。[②] 无怪乎金圣叹所列的六大“才子书”单里，既有《史记》这样的皇皇史著，也包括《水浒传》那样的虚构性小说。

根本性的问题在于，中国古代的批评家对什么是“真”什么是“假”的看法，与西方的文学理论家不一

---

① 这是吴晗的著名观念。

② 详见拙作“Towards a Critical Theory of Chinese Narrative”，载 *Chinese Narrative*，311—320 页。

样。西人重“模仿”，等于假定所讲述的一切都是出于虚构。中国人尚“传述”（transmission），等于宣称所述的一切都出于真实。这就说明了为什么“传”或“传述”的观念始终是中国叙事传统的两大分支——史文（historical）和小说（fictional）——的共同源泉。“传”的观念假定，每一叙事文在某种意义上都是人类经验的体现。比之与其在西方哲学和逻辑里的意义，“真实”（truth）一词在中国则更带有主观的和相对的色彩，并且因时因事而异，相当难以捉摸。可以说，中国叙事传统的历史分支和虚构分支都是真实的——或是实事意义上的真实或是人情意义上的真实。尽管中国的叙事里会有种种外在的不真实——明显虚假夸张的神怪妖魔形象和忠、孝、节、义等意义形态的包装——但其所“传述”的却恰恰是生活真正的内在真实。所以，中国的文人中，同时既修正史又写虚构性叙事文者——比如班固、干宝、欧阳修等——不乏其人。上述的种种异趣之处，是我们在企图用“史文”代替“史诗”的时候，必须要认真处理的问题。

然而，统而观之，这些异趣之处，并不影响我们上文所说的中西叙事文学发展的比较图式的整体合理化。

它只是向我们提出一种挑战，要求我们在进行比较研究的时候，不能流于“比附”，而应力求全面合理地考虑到各方面的文化异趣因素。为了满足这样的要求，我们强调史文在中国叙事文发展史上所扮演的重要角色的同时，还必须把研究的视野投入另一个久为学术界忽略的角落，即所谓中国叙事文体中的“原型”（archetype）问题。原型与神话密切相连。二十多年前，我根据原型批评的理论，研究中国的古代神话的时候，发现保存在先秦两汉的古籍中的古神话，一方面与西方神话大异其趣，另一方面则保存了大量重要的文化密码，与后来的叙事文发展息息相关，甚至一直影响到明清奇书文体的整体结构设计，真可谓无远弗届。我们一定要结合神话和原型批评的方法，来讨论中国的史文在中国文化里所占有的特殊地位，才能试图为中国叙事文提出一条“神话—史文—明清奇书文体”的发展途径，而与西方“epic-romance-novel”的演变路线遥相对映，进而在比较文学的意义上，提出一项严肃而有趣的对比研究课题。

上文围绕“叙事学与中国古典小说”的总题目，初步讨论了本书的总体构想和若干有关的重要理论概念。

现在，我想简单地介绍一下本书各章的布局。本书第二章运用原型批评讨论神话在中国叙事文的发展中所起的作用，第三章研究奇书文体的结构诸型，第四章考查奇书文体的修辞各态，第五章索隐古典小说内在的寓意，第六章观察奇书文体的形成与明清思想史发展的内在联系，第七章总结我的奇书文体“文人小说”理论。我认为，高友工教授多年前写的论文《中国叙事传统中的抒情境界——〈红楼梦〉与〈儒林外史〉读法》，相当切题，因此也收入本书，作为附录。

第二章
中国叙事传统中的神话与原型

一　中西神话的比较观

神话在近世的西方，是一门显学。无论人类学家、心理学家、社会学家、历史学家、文学家还是语言学家，都从各自的专业出发，深入神话研究的王国，企图发现人类文化最基本的思维模式和表现方式，亦即文化的原型。他们往往会从某个民族的神话入手，来解释该文化最基本的观念系统从何处开始，又如何演变。法国的结构主义语言学家们把神话视作“超语言”(metalanguage)，即语言上的语言，其实是不无道理的。

我们强调神话的重要性，首先必须澄清若干重要的问题。第一个问题所涉及的是人们对于神话的“古老性”的似是而非的误解。人们常常想当然地认为，既然神话和文字一样古老，记载神话的书一定是最古老的书，是远古初民撰写的实录。其实不然。西方记载神话的书如《圣经》、荷马史诗等都不是最早的实录。同样，日本记载神话的书《古事纪》和中国记载神话的书《尚书》也不是最古老的书[①]，《尚书》之前有甲骨文金文。荷马史诗描述的战争虽然发生很早，但根据近人的研究，成文时间约在公元前八九世纪之间。《圣经·旧约》里记述的圣徒行状可以追溯到远古，但成文问世的时间也较晚。[②]《尚书》记载的事件，涉及尧、舜、禹、共工与夔，十分古远，但其最后成文的时间，不会早于公元前二三百年。[③]日本《古事纪》的情形也相当类似。[④]

这个现象说明了在假设中的神话创造者和它的文字记录者之间相隔了一道时间的鸿沟。自从人类在我们这个星球上出现，神话就与之俱来，代复一代地在我们的

---

① 这两部经典中都有一部分是神话。

② 圣经与孔门的经典成文时间相仿。

③ 许多学者认为，《尚书·禹贡》的写定，不会早于战国末年，因为文中的地域观念和地理知识，要到此时才告定型。

④ 《古事记》于712年编定，虽然内容涉及远古传说和日本创国历史，但成文时间相当迟。

远祖中间口耳相传，不知道经过了几世几劫，历史才来到了有文字记载的时代。因此，我们必须分清“文字记载”时代的笔录神话和“前文字记载”时代的口传神话之间的原则性区别。神话虽然是叙事文学发展的最早的典型，但我们今天手头所拥有的具体文本，并不是原始时代的产物，而是后来才汇集成书的。也就是说，神话材料（叙事文学材料）变成文物的时代相当之晚。这一特点贯穿在古今中外各个民族的神话史里，是一个世界性的普遍现象。西方的荷马就是站在这个口传与笔录的临界点上的代表人物。我们今天读到的希腊神话，并非远古的原版，而是经过荷马时代诗人之手的再传之物，因此我们只能把研究史前神话起源的秘密留给考古学家和人类学家们去探讨，而把自己的精力集中到有文字记载的时代。

第二个需要澄清的问题是，在有文字记载的神话里，中西神话的基本区别在哪里？我们可以观察到，在题材上，中国古代神话与世界各国神话之间，并没有明显的分歧。西方神话中常有自然现象的拟人化，中国神话中有与之对应的风伯和雨师；西方神话中有神兽，中国神话中有对应的麒麟等瑞兽；西方神话中有划时代大战，中国神话中有对应的黄帝战蚩尤；西方神话中有黄金时代，中国神话中有对应的尧舜之治；西方神话中有大洪水，中国神话中有对应的大禹治水；西方神话中有天地隔离之说，中国神话中有对应的《尚书·吕刑》中的“绝地天通”，等等。①

有人认为中国没有创世神话（creation myth）是中西神话之间的重要区别。西亚神话和东方不少其他民族的古神话里都有创世神话，现代的学者们常常用创世神话来研究这些民族的基本文化观念系统从何处开始，有哪些特色。中国究竟有没有创世神话呢？研究者们的意见并不完全一致，有人认为中国没有创世神话，如德克·波德（Derk Bodde）即是这些学者中的一例。② 也有人认为，中国神话里有一些创世神话的因素，但没有形成系统的形态。例如，《庄子·大宗师》里的“造物者”的形象相当模糊。他并不创造一个世界，也不是西

---

① 《尚书》云：帝“乃命重黎绝地天通、罔有降格”，见《尚书正读》，中华书局，1964 年版，279 页。

② 详见“Myths of Ancient China”（《中国古代神话》），载 Samuel Noah Kramer 编 *Mythologies of the Ancient World*（《古代神话》），Garden City，1961。

方神话和神学中的宇宙的“第一次推动者” (Prime Mover)[①]，因此这不能算是创世神话。[②] 虽然，另外有一群学者提出有关盘古开天辟地的传说，反驳“中国无创世神话论”。但大多数学者仍然认为，此说不能令人信服。第一，盘古开天地并没有出现在先秦古籍里，甚至没有出现在汉代的典籍和文物中，只是经过佛教东传，降至三国时代，中国文化里才开始出现盘古创世的传说。[③] 第二，尽管我们可以把盘古开天辟地设想成中国古代的创世神话，但从内容上看，它与典型的创世神话有很大的区别。这是一种没有造主的、自然而然的天地开辟过程。“天地浑沌如鸡子”，蛋黄质重而下沉，蛋清质轻而上浮，这种把一个具体物象的演化过程作为天地开辟的比喻的处理，并不仅见于中国文化，在其他许多文化里，也有类似的情形。然而，它与圣经创世神话的强调“造主”和整个宇宙的有始有终的观念，相去实在甚远。

---

① 宇宙的“第一次推动者”的观念，在西方文化史上的影响十分深远，甚至在近代大科学家牛顿的宇宙理论中，也仍然承认宇宙有一个“第一次推动者”。

② 关于“造物者”，详见王夫之《庄子解》，河洛图书出版社，1974 年版，65—66 页。

③ 盘古开天地，最早见于三国徐整《三五历记》，其书已佚。仅能就《艺文类聚》《绎史》等书所引，略见一斑。

还有一部分学者认为，中西神话的主要区别在于它们各自不同的“本位”。他们认为西方神话常有“神本位”（divine-oriented）的倾向，而中国神话则有“人本位”（human-oriented）的倾向。在西方神话舞台上演出的往往是一出神的创世和劫灭的戏剧；而在中国神话的舞台上，神话和人的历史却常常混为一谈，即英文所谓的 euhemerization。在中国，正是这种“混为一谈”的神话把“前文字时代”的关于神的口传知识转化成人的功业。此处仅举一例为证。《尸子》云：

> 子贡问孔子曰：“古者黄帝四面，信乎？孔子曰：“黄帝取合己者四人，使治四方，不计而耦，不约而成，此之谓四面也。”[1]

根据袁珂的意见，“四面”的直解当为“四张脸”，按照远古的传说，黄帝是四面之神，“而孔子解答作取合己者四人，使治四方云云，使把古代神话来历史化了”。[2] 此派的说法，强调了历史在中国上古文化里所占据的突出位置，不无道理。

---

① 《尸子》二十卷，战国人尸佼著，已佚。此据《太平御览》卷七转引。

② 见袁珂《古神话选释》，人民文学出版社，1979 年版，102 页。

另外又有学者们认为，中国神话的最大特点在于它的零碎性。然而，希腊神话又何尝不零碎？坎贝尔（Joseph Campbell）认为，世界各地、各种文化的神话可以拼成一个总体神话，这一总体神话由许多可分的小段组成，每个小段就是一个具体的神话。中国古代神话，则零零碎碎散见于《诗经》《尚书》《庄子》《列子》《楚辞》《淮南子》《山海经》等典籍中。其实，整理中国神话的困难，不仅在于神话散见于各种古籍，没有系统地编纂成书，更重要的还是由于中国神话材料本身缺乏一个完整的系统可言。一些学者索性认为，研究中国叙事文学可以不必注意本国的那些没有形成系统形态的古神话，因为它们对于中国文化的影响并不显著。

这些见仁见智的中西神话观，都值得我们参考。

结合对于中西叙事文学发展史的比较研究，我个人更倾向于从另一个特殊的角度——即所谓“原型批评”（archetypal criticism）的角度——来研究神话。原型批评注重把神话当作文学的美学范型，运用它来观察中西叙事文体的各自发展，我得出的结论是，中西神话的一重要分水岭在于希腊神话可归入“叙述性”的原型，而中国神话则属于“非叙述性”的原型。前者以时间性

（temporal）为架构的原则，后者以空间化（spatial）为经营的中心，旨趣有很大的不同。在下一节里，我将对此作详细的申论。

二　希腊神话中的“叙述性”原型与中国神话中的“非叙述性”原型的比较研究

原型批评的理论假设人类的知识是一个整体的系统（a total system of knowledge），而人文科学中的文、史、哲各个分支则是它的各个亚系统。原型批评认为，不论在人类知识的总系统里，还是在文、史、哲等亚系统里，都存在着一系列至关重要的“原型”（archetype），也就是一些不断复现的结构模型（recurring structural patterns）。正是这些“复现的结构模型”推动了整个系统的运动和发展。在任何文学传统里，我们都可以找到若干“定型的套式”或与“母题”（conventional topoi and motifs）。该民族的文化原型，就寄寓在这些定了型的母题中。通过对于原型的研究，人们可以进一步透视出宗教信仰、历史事件、社会风俗、自然环境乃至民族语言等等在一个特定的文化环境中古往今来的变迁。文学的原型，好比绘画里的色谱，音乐里的音阶。它是文学的元素，为读者提供了一种特定的美学期待。因此，研究文学就要接触到原型，而研究中西比较文学，更离不开研究中西文学传统原型的异与同。①

把原型批评的理论运用到中西神话比较研究的领域中，我们可以清楚地看到，中国神话的叙事性显得相当薄弱。与希腊神话相比较，中国神话中完整的故事寥寥无几。如果我们肯定神话具有保留“前文字记载时代”的传说（preliterary lore）的功能，那么，西方神话注重保留的是这些传说中的具体细节，而中国神话注重保留的却只是它的骨架和神韵，而缺乏对于人物个性和事件细节的描绘。我们在先秦两汉的古籍中，几乎找不到对任何神话人物事迹的完整叙述。即使像“黄帝战蚩尤”这样的重大事件，《史记》也只用了三十一个字，轻轻一笔带过：“蚩尤作乱，不用帝命。于是黄帝乃征师诸侯，与蚩尤战于逐鹿之野，遂禽杀蚩尤。”② 其他上古的传说，重要者如大禹治水、共工怒触不周山等等，在中

---

① 详参拙著 *Archetype and Allegory in the Dream of the Red Chamber*（《〈红楼梦〉中的原型和寓意》），Princeton，1976。

② 见《史记》，香港中华书局，1969 年版，3 页。

国的古籍中，也都缺乏细节性的描绘，惜墨如金，语焉不详。如果我们进一步追问，在秦汉的典籍中，究竟有没有以完整的叙事文学形式出现的神话呢？回答往往只能是模棱两可的：《山海经》里描述了各种各样奇奇怪怪的地貌和生物，但是没有讲清楚它们的来龙去脉；《淮南子》里有篇幅稍长的叙述，但很难说其中已经出现了叙事文学的典型；《天问》只是罗列了一连串神话中的人名和事迹而已；《庄子》和《列子》虽有叙事成分，但分量显然不够作研究的基础。

这是什么原因呢？从原型批评的理论来分析，我认为，中国神话之所以缺乏叙述性，是因为在中国美学的原动力里缺乏一种要求“头、身、尾”连贯的结构原型。这种“头、身、尾”结构的原型在以希腊古代文学为标准的其他的文化传统里却渐渐发展成了一大约定俗成的叙述性范型（pattern of narrative）。[①] 而中国神话由于缺少这种“头、身、尾”结构的原型，则逐渐发展出了一种以“非叙述性”作为自己的美学原则的特殊原

---

① 希腊神话的常见原型大都充满了行动，如英雄的离家远游与重返故里，死亡与复活，奇迹的追寻（quest），等等。西方神话的这种“行动性”暗示了它的文学传统的主流是叙事文体。后来，它的叙事性甚至贯串到了戏剧和抒情诗中去，变成跨文类的范式（cross-generic forms）。

型。我认为，正是主要由于这一区别，导致了中西几千年来叙事传统的各自分流。

“中国神话里的原型是非叙述性的”——这句话在许多西方学者的眼里，是自相矛盾的，因为神话的定义本来就是“叙事的艺术”，没有叙事哪里会有什么神话。然而，中国的神话确实很少叙事。中国神话与其说是在讲述一个事件，还不如说是在罗列一个事件。当希腊神话告诉你普罗米修斯如何盗火、怎样受难的动态故事的时候，中国神话只会向你展示夸父“入日”渴死这样一幅简单的静态图案。《荷马史诗》里的阿克利斯之“怒”可以占据几十页的篇幅，而《淮南子》里共工“怒而触不周之山”，仅有“天柱折地维绝”等寥寥数十字。通过对比，我们会发现，希腊神话的“叙述性”，与其时间化的思维方式有关，而中国神话的“非叙述性”，则与其空间化的思维方式有关。希腊神话以时间为轴心，故重过程而善于讲述故事；中国神话以空间为宗旨，故重本体而善于画图案。

中国神话“非叙述、重本体、善图案”的原因何在？我个人认为，那是由于它受到先秦根深蒂固的“重礼”文化的原型影响。[1] 甲骨文、出土文物和青铜器图案等考古学的发现，充分说明了殷商时代的神话与祭祀有密切的关系；然而，在其他文化的古代社会里，神话和仪礼（ritual）也都有密不可分的关系，与殷人并无显著的不同。重要的是，殷商文化把行礼的顺序（order）空间化了，成为一种渗入时代精神的各个角落的基本观念，因而也就影响到神话的特色。中国神话倾向于把仪礼的形式范型，诸如阴阳的更替循环、五行的周旋和四时的交替等等，作为某种总体的原则，而与西方神话叙事的时间化倾向构成一个同异对比。中国时间性的神话叙事的传统似乎早已亡于周代，甚至在殷商以前就已失传[2]，代之而起的是把现存的神话素材空间化的重礼倾向。

《尚书·尧典》开篇时的描写是个好例子，我认为那段文字很典型地显示了中国神话的上述特色。《尧典》开宗明义描写了尧的一些特征和事迹：

---

① 晚近的西方文学理论，受到人类学的影响，十分重视礼仪和文学的相互关系，对我们的研究不无启发。关于我对于“重礼”文化影响中国叙事模式的研究，详参拙著 *Archetype and Allegory in the Dream of the Red Chamber*，1—42 页。

② 这里所谓“中国时间性的神话”云云，当然只是一种假设而已。

曰若稽古，帝尧曰放勋。钦明文思安安，允恭克让，光被四表，格于上下。克明俊德，以亲九族，九族既睦。平章百姓，百姓昭明。协和万邦，黎民于变时雍。

然后又讲到羲和等奉命各守一方的天文过程：

乃命羲和，钦若昊天，历象日月星辰，敬授人时。分命羲仲，宅嵎夷，曰旸谷。寅宾出日，平秩东作。日中，星鸟，以殷仲春。厥民析，鸟兽孳尾。申命羲叔，宅南交，曰明都。平秩南讹，敬致。日永，星火，以正仲夏。厥民因，鸟兽希革。分命和仲，宅西，曰昧谷。寅饯纳日，平秩西成。宵中，星虚，以殷仲秋。厥民夷，鸟兽毛毨。申命和叔，宅朔方，曰幽都。平在朔易。日短，星昴，以正仲冬。厥民隩。鸟兽氄毛。帝曰："咨，汝羲暨和。期三百有六旬有六日，以闰月定四时成岁。允厘百工，庶绩咸熙。"

我讲中国古代神话之所以联系到《尧典》，在于它包含了太阳的升降、四季的循环，是一种很内在的材料。但这里没有故事，只是记述了尧帝分命四人这件事。这些记述可以被看作一个很典型的例子，因为中国古代神话时常有这种形态，即不以故事为主，而是以论述关系和状态（或者是宇宙的顺序和方位的安排），作为叙事的重心。再往下读，可以看到共工这个人物。共工是个具有浓厚神话色彩的人物，他和补天神话的关系密不可分：

> 帝曰："畴，咨，若时登庸？"放齐曰："胤子朱，启明。"帝曰："吁！嚚讼，可乎？"帝曰："畴咨若予采？"驩兜曰："都！共工方鸠僝功。"帝曰："吁！静言庸违，象恭滔天。"帝曰："咨！四岳，汤汤洪水方割，荡荡怀山襄陵，浩浩滔天。下民其咨，有能俾乂。"佥曰："於，鲧哉！"帝曰："吁，咈哉！方命圮族。"岳曰："异哉，试可乃已。"帝曰："往，钦哉！"九载，绩用弗成。帝曰："咨！四岳。朕在位七十载，汝能庸命巽朕位？"岳曰："否德忝帝位。"曰："明明扬侧陋。"师锡帝曰："有鳏在下，曰虞舜。"帝曰："俞，予闻，如何？"岳曰："瞽子。父顽，母嚚，象傲，克谐，以孝烝烝。乂不格奸。"帝曰："我其试哉。女于时，观厥刑于二女。"厘降二女于妫汭，嫔于虞。帝曰："钦哉！"

这里使用的几乎全是对话，来表现一个原可以十分时间化的故事。[①]

这段引文后来被司马迁几乎原封不动地引入《史记》，可见其影响之大。[②] 而从上文对《尧典》的分析又可以看出，中国古代典籍善于将本来活生生的神话故事转变成没有叙事色彩的记载。又如大禹治水的故事，虽然经过代复一代（尤其是汉代）的流传和补充，形成了一篇富于色彩的史文，但仍然以静态的空间关系为重点。《史记·河渠书》引《夏书》云：“禹抑洪水十三年，过家不入门。陆行载车，水行载舟，泥行蹈毳，山行即桥。以别九州，随山浚川，任土作贡。通九道，陂九泽，度九山……九川既疏，九泽既洒，诸夏艾安，功施于三代”。[③] 这里实在没有什么惊心动魄的故事，甚至连禹到底是超人，还是超自然的神物（如龙）也始终没有交代清楚。大禹治水的故事，在题材（theme）上与西方的洪水神话遥相对峙。有人认为，这是因为人类历史上曾经发生过一次毁灭性的洪水灾难，因而各民族的

---

① 以上《尧典》引文句读，均见《尚书正读》，2—15 页。

② 见《史记》，15—21 页。

③ 见《史记》，1405 页。

神话里都留下了有关这场洪水的记载，但是我们一定会注意到，西方《圣经》里的诺亚方舟完全是一个时间性的故事。通过探讨中西神话讲述方式的异同，我们就可以清楚地观察到，非叙述性和空间化，乃是中国古代神话的特有美学原型。

从“叙述性 + 时间化”和“非叙述性 + 空间化”的原型对映出发，我们可以进一步观察到，中西叙事文学在对“事”的理解上的异趣。我们知道，古今中外，叙事研究的基本单位都是“事”或者“事件”（event）。如果没有一个个这样的基本“事件”单位，整个叙事就会变成一条既打不断也无法进行分析的“经验流”。然而，研究叙事的基本单位“事件”，并为它下定义，看似容易，其实很难。在西方文学理论中，“事件”是一种“实体”，人们通过观察它在时间之流中的运动，可以认识到人生的存在。与西方文学理论把“事”作为实体的时间化设计相反，中国的叙事传统习惯于把重点或者是放在事与事的交叠处（the overlapping of events）之上，或者是放在“事隙”（the interstitial space between events）之上，或者是放在“无事之事”（non-events）之上。

细心的读者不难发现，在大多数中国叙事文学的重要作品里，真正含有动作的“事”，常常是处在“无事之事”——静态的描写——的重重包围之中。饮宴的描写就是“无事之事”的一种典型，我们只要试想一下明清章回小说里有多少游离于情节之外的宴会描写，就会明白古人的心目中对“事”的空间化感受，是如何地强烈了。[①] 班固很早就说过：《春秋》尚事（events），《尚书》重言（words）。“言”与“事”是中国叙事文学中交替出现的两大型式，而在中国文学的主流中，“言”往往重于“事”，也就是说，空间感往往优先于时间感。从上古的神话到明清章回小说，大都如此。与西方文学中的概念相异，“事”在中国的叙事传统里，并不是一个真正的实体。在中国古代的原型观念里——静与动、体与用、事与无事之事等等——世间万物无一不可以划分成一对对彼此互涵的观念，然而这种原型却不重视顺时针方向作直线的运动，却在广袤的空间中循环往复。因此，“事”常常被“非事”所打断的现象，不仅出现在中国的小说里，而且出现在史文里。断代史的纪传

① 详参拙作“Towards a Critical Theory of Chinese Narrative”，见拙编 *Chinese Narrative*，314—316 页。

体，似乎本身就是专门设计出来为了打断事件发展固有的连续性的一种工具。而编年体的皇皇巨著如《资治通鉴》，与其说是为了按时间顺序讲述历史事件，还不如说是为了把重要的历史文献包罗无遗。中国的俗话说，“历史是一本陈年流水账”，但重点是放在“账”上，而不是放在“陈年流水”。当代大批评家弗莱（Northrop Frye）认为：神话划出了语言世界的主要疆域，它与后来文学盘踞的范围大致相仿。我们可以把从荷马和《尚书》的时代到今天，看成是一个中西各自的文化原型始终贯穿于其中的发展过程，它们标志了中西叙事文学的源头和特色。

三　中国传统的对偶美学

某一文化的原型，可以从它的神话中去寻找，也可以从它的其他渊源中去发掘。上节我们研究了神话中的原型，本节则拟探讨易理中的原型。中国传统阴阳互补的“二元”思维方式的原型，渗透到文学创作的原理中，很早就形成了源远流长的“对偶美学”。[1] 中国文学最明显的特色之一，是迟早总不免表现出对偶结构的趋势；它不仅是阅读和诠释古典诗文的关键，更是作者架构作品的中心原则。对偶美学虽然以“诗”为中心，但在结构比较松散的小说和戏曲里，也有某种对偶的倾向。

从比较文学的观点来看，这一特色自然绝非中国文艺所独有，在西方文学中，对偶的概念和古典修辞学尤其相关。希腊和拉丁古典作品中，不乏或多或少运用对偶的例子，但都不如中国文学那样频繁和严谨。近来的比较文学理论又重拾对偶的概念，作更严肃的探讨。正如《圣经》学者认为对偶可能是希伯来诗和散文之间的主要区别，许多理论家也以此为文学和非文学的根本分野。[2] 持此论的学者中，大概以雅可布森（Roman

---

① 本节主要内容采自我提交 1987 年第二届中美比较文学双边会议（Sino-American symposium on comparative literature）的论文，题为“Where the Lines Meet：Parallelism in Chinese and Western Literature”，中译“平行线交会何方——中西文学中的对仗”，见《中国比较文学》，总第六期，1—18 页。

② 事实上，似乎就是因为论述希伯来诗中的这一倾向，对偶（parallelism）一词才在 18 世纪圣经学家罗伯特·罗斯（Robert Lowth）的笔下成为一个文学术语。

Jakobson）影响最大，他阐释“对等原理”的那篇深具启发性的文章，现在已是文学研究的经典之作。[①] 他将诗的功能归结于运用连串的词语，使一句中平行对应的各分子成为一个首尾一致的整体。稍后，他更进一步将此简化成一味重复的概念。米歇尔·礼伐台尔（Michael Riffaterre）也继承了这个论点（即他所谓的“对等形式的重复再现”）。[②] 但把它发挥得淋漓紧致的，大概要属尤芮·洛特曼（Yurij Lotman）的新形式主义批评了。[③] 他认为“重复原理”是文学审美的核心，这点与我们本节讨论的对偶有不谋而合之处。尽管这一文艺原则在东西方文化中各有不同表现。

这种把文本中的重复现象，视为对偶的概念的基本要义的观点，也许更接近某些西方的文学理论，但必须注意的是，以重复为文学创作的不二法门，也见于中国古代的文学理论。《文心雕龙》就几度暗示对偶的中心

---

① 见 Roman Jakobson，“Closing Statement：Linguistics and Poetics”，载 Thomas A. Sebeok 编 *Style in Language*，MIT UP，1960。

② 见 Michael Riffaterre，“Describing Poetic Structures：Two Approaches to Baudelaire's les Chars”，载同上书。

③ 见 Yuri Lotman，*The Structure of the Artistic Text*，1977 年版，187 及 200 页。

地位，而9世纪日僧空海的论著《文镜秘府论》更一语断定，甚至宣称凡未持续运用对偶的篇章，皆不足以称之为“文”。在中文批评里，钱锺书的巨著《管锥编》也数次提到类似的看法。以上的讨论只想指出，对偶是文学审美观里一个普遍的现象，绝非中国文化所独有。但中国古人用得更深更广，仍是不争的事实，甚至希伯来的圣诗也许都略逊一筹。

诗文对句，与中国哲学思考的二元性主流息息相关。《文心雕龙·丽辞》，起头就是这个观念：

> 造化赋形，支体必双，神理为用，事不孤立。夫心生文辞，运裁百虑，高下相须，自然成对。[①]

由是，中文实用对偶句的现象，依循阴阳、刚柔等中国二元性的逻辑，不免产生了定型的倾向。最近程纪贤据此论点，说明中国诗中对句和非对句间的辩证关系。但我认为这正是传统中国思考方式里，对存在的二元性作“非辩证式”处理的典型表现。因此，学者在诠释《圣经》诗篇的对偶结构时，往往只寻求对偶的两个

---

① 见周振甫《文心雕龙注释》，人民文学出版社，1981年版，384页。

单元间的从属关系，认为其中一个是主，另一个是宾；其实在中文对偶里，二者常为一个自足整体中互补的两面。俯仰、天地、山水等常见的对偶形式，代表的不是不同层次的真理，而是一个自足的文学境界里相等而相成的两面。

中国古典诗文是复杂对偶的典范，自然毋庸讳言。这里我打算重点探讨的是，对偶美学应用到小说和戏曲上的可能性。在诗歌中，对偶依靠一行对一行的章法，来展示自己的美学特色。乍看之下，将它应用到小说、戏曲等长篇文学上似属无稽。我之所以考虑探讨这种可能性，主要是因为中国传统曲论家就经常用典型的对称观念，来讨论戏曲创作的优劣得失。最常用来描述传统戏曲结构的，是“离合悲欢”一类词汇，或其他相当的公式。但问题的关键是，究竟在哪个层面上，对偶能够真正适用于分析戏曲艺术的美学价值。戏曲中场与场的交替，大多根据的是一连串人物或情景的主要性质，诸如雅俗、虚实、动静等。我之所以认为这种结构原则可视为某种形式的对偶，主要是因为批评家对这些相对性质的交互作用的强调，李渔的戏曲批评中的某些论点就是例子。

这里略举《牡丹亭》为例，以说明我所谓的中国戏曲中的“对偶结构”。一般人对这部杰作的印象，主要来自其中流传至今的几场强烈抒情的戏码，夸张了多情善感的情绪，实在不无偏颇之处。事实上，此剧架构于雅与俗、优美爱情与低级猥亵、抒情境界与强烈行动等对立性质的交替表现上；甚至情节的变化，也能引出古今文化或南北生活的对照。也许有人会说，这种交替表现无异于汤显祖同时的西方剧作家——例如莎士比亚——所使用的戏剧性转移焦点的技巧，并不是将对偶的美学运用于舞台艺术。但是，我认为，明清传奇剧中场与场的连贯，全由对立性质的交错所支配，显然对偶结构是出于作者的构思。比方说，在第十出和第十二出“惊梦”与“寻梦”之间（该二出戏，长久以来被人们视为是中国戏曲中最动人的色情戏之一），插入表现儒家道德热情的“慈戒”。同样的突兀插曲，不久又出现在第十七出“道觋”中。此外，第十四出“写真”以强烈的抒情性对第十五出“虏谍”的暴乱的蛮族生活，都只是许多例子中的一二对。至少有一个征兆显示，汤显祖刻意使这些极端的对比成为一个均衡整体中互补的两部分——他在“一篇序文”里含蓄地表示，剧中的两种深奥的价值观“情”与“理”，须视为一个大整体内互补的两面。

值得注意的是，场景设计上这种传统的对偶美学，在奇书文体里表现得更清楚。小说分章分回，其对句形式的回目常常强调这一回是由相均衡的两半组成的。有时这类对偶仅止于回目，但多数情况下，回内的情节安排得也显示出相对比的两部分。比方说，《金瓶梅》第十五回“佳人笑赏玩灯楼，狎客帮嫖丽春院”，将西门庆周围互相对比的两类美女，相当具有反讽意味地并列起来。第二十七回“李瓶儿私语翡翠轩，潘金莲醉闹葡萄架”，前半段写雨后清凉中李瓶儿的柔情，后半段则是葡萄架下颠鸾倒凤的难堪一幕。另一个类似的例子是《红楼梦》，也在第二十七回（或许不全是无意的巧合的回数）“滴翠亭杨妃戏彩蝶，埋香冢飞燕泣残红”中，轻快的游戏与善感的饮泣，暗应着形容两位女主角的两个文学典故，都互相对比，形成异与同的复杂交织。其他如第十九回“情切切良宵花解语，意绵绵静日玉生香”、第四十六回“尴尬人难免尴尬事，鸳鸯女誓绝鸳鸯偶”及第四十八回“滥情人情误思游艺，慕雅女雅集苦吟诗”，都说明曹雪芹耽于游戏的程度。《西游记》也多借对偶的回目暗示回中前后两半间的隐喻关系（例如第十四、第二十三、第三十三、第五十、第五十六、第七十三、第七十七、第八十二回等）。如前所述，这种从个别人物到大段情节的对偶结构，往往暗中透露在中国传统批评家使用的许多双语的批评词汇上，除了上述戏曲批评家口中的“离合悲欢”外，还有其他十分有趣的例子，如“冷热”“忙闲”“虚实”等对偶美学的术语的运用即是。

但最高明的传统批评家则更明确地探讨对偶结构中异与同的交流和渗透。比方说，毛宗岗论《三国演义》的结构章法时，就多次强调这种美学原则，尤其是以刻画人物为主的“同树异枝，同枝异叶，同叶异花，同花异果”和多用于安排全景对偶的“奇峰对插，锦屏对峙”这两种原则，最为中肯。在论及后者时，他区分“正对”与“反对”，并点出“邻对”为“遥对”的对比用法，这与《文镜秘府论》首度标出的某些类型有相通之处，和中国古典美学所用的词汇相当接近。金圣叹解说《水浒传》结构的美学原则时，也提出十分类似的看法，他区分了“正犯法”与“略犯法”。“犯”字在这里意思特殊，与刻意规避重复相对应，是为艺术表现上另寻一条可行之路。广义地说，其他如“照应”“伏笔”“接榫”之类表重复的词汇，偶尔也指对偶结构中的重复模式。

由以上论述可以看出，小说结构上的对称，运用在塑造对比人物上最为得心应手。前面所举的《红楼梦》一例尤其可为典范。因为林黛玉和薛宝钗在某些地方极为类似，而其他地方又恰恰相反，平行对比两人，在第五回的梦境里，交会于“兼美”一人。由此推衍，潘金莲与李瓶儿、孙悟空与猪八戒、甚至曹操与刘备也可视为同样的美学原则的产物，表面上的对立是情节发展的主要动因，呈现的只是一个异同交织的复杂结构中的其中一面，造成人物的对立与融合，实无异于古典诗文中的对偶。

有时，人物的互补透过情节的对偶，衍生为更出色的对比，使贯串整个作品的基本理念也呈对偶——《红楼梦》即是典范。全书的契机是“真假”，从首回开始而经由一连串的主要情节，又在现行本的末回为了营造对称的结局而再度出现。同样，对比的“色空”观念，是诠释《西游记》寓言的关键，而“盈亏”的制衡，则为《金瓶梅》的主要架构。这些例子里，观念由乍看的对立，逐步化为交融互补，而达到对由错纵对偶架构起来的作品的领悟。因此，我们可以说，在传统中国文学最精深的叙事作品里，平行的对偶结构交会于无极太极之间。

在本章里，我们以原型批评的方法作为研究的工具，从比较文学的角度，研究了中国的神话和美学。在以后各章里，我们在具体研究中西叙事文学里的结构、修辞、寓意等理论问题的时候，还会常常回到原型的问题上来。

第三章
奇书文体的结构诸型

一 “缀段”结构纵横谈

研究中西叙事文学的异与同，我们先要研究它们在结构（structure）方式上的异与同。什么是叙事文学的结构呢？简而言之，小说家们在写作的时候，一定要在人类经验的大流上套上一个外形（shape），这个“外形”就是我们所谓的最广义的结构。不仅研究小说要研究结构，研究史诗也非研究其结构不可，甚至诗歌和戏剧，也不能例外。然而，小说家们特别注重小说本身的内在结构，则是一个不争的事实。因为我们常常把小说看作一种可以由结构入手而抓住整体的文体，所以研究novel的学者，都特别注意小说家如何把人生的经验套入一个固定的结构之中。

叙事作品的结构可以借它们的外在的“外形”而加以区别。所谓“外形”，指的是任何一个故事、一段话或者一个情节，无论“单元”大小，都有一个开始和结尾。在开始与结尾之间，由于所表达的人生经验和作者的讲述特征的不同，构成了一个并非任意的“外形”。换句话说，在某一段特定的叙事文的第一句话和最后一句话之间，存在着一种内在的形式规则和美学特征，也就是它的特定的“外形”。亚里士多德在分析史诗时，就认为在史诗的开头和结尾之间存在某种美学上和形式上的规定性，这种所谓“规定性”可以在一定程度上说明叙事的个性。一段情节、一个故事、一部小说，从开始提出问题到问题的最终解决，往往给人以一种“有道理”的感觉，从而达到对应和平衡，这就是规定性，就是“外形”。①

早期的西方汉学家在探讨中国叙事文的时候，往往

---

① 在接触小说体式时，一种可以辨识的“外形”——就是“模式”——会告诉我们小说整体结构的美学感受情形。当然，这里所谓的“外形”只不过是大致借用美术（或其他造型艺术）上的概念而已；因为小说体式基本上是由文字拼凑而成的，因此本体上是直线而不是平面的。如果说它真有什么“外形”可言，也仅是“直线”的形状而已。

会自觉或不自觉地用西方 novel 的结构标准去要求中国古典小说，因而指责中国明清长篇章回小说的“外形”缺乏艺术的整体感（unity），也就是说，缺乏“结构”的意识。这种观察，与五四以来，中国的文学史家们把明清长篇章回小说的兴起，归结到对说书艺术的模仿和继承的说法，有异曲同工之妙；总而言之，中国明清长篇章回小说在“外形”上的致命弱点，在于它的“缀段性”（episodic），一段一段的故事，形如散沙，缺乏西方 novel 那种“头、身、尾”一以贯之的有机结构，因而也就欠缺所谓的整体感。

殊不知，这些中西批评家们所谓的“整体感”或“统一性”，在西方文学中，本是指故事情节（plot）的“因果律”（causal relations）和“时间化”的标准而言的。许多批评家指出，叙事艺术对人类经验的“模仿”（mimesis），有时采用“时间化”的模式，按照人世间的行为在时间中演进的形态而铺叙[1]，有时却是遵照某

① 例如，离别与归来、家国的兴亡、追寻的历程、英雄决战等类母题，即是从上述“时间化”模式中来。

种“空间性”的模式而传达。[1] 但由于古代神话在西方文学史上占有的崇高地位，一般文学理论家很自然地就认为小说体式的基本模式一定是“时间性”的。弗莱等许多文学批评家都强调亚里士多德所谓的mythos这个观念，而以早于弗莱的东欧普洛普（Vladimir Propp）为代表的形式主义批评家的著作中也多以后世“神话”和民间传说为研究的焦点，都强调故事在时间过程中的演变。按照这种理论家和批评家的看法，一篇叙事文必须要遵循某种可辨识的时间性“外形”或“模式”，才会使全篇叙事文产生首尾一贯的印象（即具有“起”“中”“结”三个段落的结构）。

亚里士多德在《诗学》里曾说：“缀段性的情节是所有情节中最坏的一种。我所谓的缀段性情节，是指前后毫无因果关系而串接成的情节。”[2] 可见，在西方正统的文学理论家的眼里，缀段性的情节，是为贤者所不取的。然而，当初亚里士多德在讨论“三一律”的时候，其实仅把它用于形制较短的文体，例如悲剧与史诗。当

---

① 例如，约瑟夫·佛兰克（Joseph Frank）在《现代文学中的空间形式》（Spatial Form in Modern Literature）里所讨论的“空间统一性”（spatial unity）问题，等等。

② 见亚氏*Poetics*，New York，1927年版，36—39页。

西方叙事文学渐渐扩展成为长篇文体的时候，批评家就开始感到文学统一的主张并不容易贯彻。为了不与亚理士多德唱对台戏，他们或者退而求其次，致力于寻找叙事文的外加框架结构——如《天方夜谭》《十日谈》中的“连环性框架故事”和亚瑟王求取圣杯、唐三藏西天取经中的“追寻性框架故事”等等；或者从主题和意象方面入手探讨统一性——比如探寻普鲁斯特（Marcel Proust）或梅尔威尔（Herman Melville）小说里的中心意象，或陀思妥耶夫斯基（Fyodor Dostoevsky）、约瑟夫·康拉德（Joseph Conrad）和埃德加·爱伦·坡（Edgar Allan Poe）小说里的神话和寓言因素等等。从这里我们可以看出，即使就西方叙事文学而言，“时间化”的形状也并不能够“放之四海而皆准”。[①] 如果我们追本溯源地进行研究，就会发现，从某种意义上来说，所有的

---

① 西方文学史上，18 世纪，特别是 19 世纪的 novel，注重时间性的逻辑结构，即事件从开始到发展再到结束的一步一步的结构原则。但是，到了 19 世纪末、20 世纪初，西方文学开始注重一种多方面的 novel 结构。西方的文论家很喜欢借用音乐的一些术语——例如“对称性”——来分析这种结构。许多西方理论家都提到现代 novel 的“对称”性，它指的是某一种母题在开头出现以后，在下文又重新出现。他们认为，许多西方的 novel 在“对称性”方面走得很远，做得很彻底。其实，这是一种把“时间化”的形状与“空间化”的形状融合在一起的做法。

叙事文在一定的程度上都可以说带有某种“缀段性”。因为它们处理的正是人类经验的一个个片段的单元。然而，反过来说，每一片段的叙事单元——不管如何的经营——也总是在某种意义上具有一定的统一性。

上文我们研究了虚构性叙事文学的“外形”问题，也观察了西方十八九世纪的 novel 如何被套上一个“时间化”的叙事“外形”。现在如果我进一步提出，历史和虚构文学一样，也是在人生经验上套上一定的外形，就可能会有人反对，因为史书事实上是由一系列可考的客观事实拼合而成，应该不存在“外形”的问题。然而，我仍然要强调，史书同样是在事实的原料套上了特别的美学外形，中国的《史记》就是一个代表性的例子。《史记》诸列传中，在介绍一个人的生平时，并不采用信手拈来之笔，而是有一种形式规则、一种“外形”在制约着。

说得明白一点，人生经验和历史事实都只是“原料”，叙事作品的作者要将它变成“成品”，就要遵循某种既定的内在规则去操作。英文中“fiction”一词既是指小说或虚构故事，同时这个词的词根在语源上也含有“造作”之意。在欧洲语文中，history 和 story 是同一个字，明显地暗示我们，其内涵不仅是指虚构作品，也包括史书、史文。那么，中国的历史叙事文究竟是用何种具体方法，来造成所需要的外形呢？这个问题可以从两方面看，一方面它把人生的经验流截成一个个小段，另一方面又把一段段单元性的人生经验组合连贯起来，营造出经验流的感觉。在这一过程中，“史事”是截段的标准。也就是说，中国的史文借“事”来划定整篇叙事文从哪一点开始，经过怎样几个阶段，到哪里终止。我们之所以视历史为叙事文的典范，是因为史书有同其他虚构文学一样的一系列定型的惯用叙事单元。人们把“事”作为中国叙事文学的分段标准，其实与西方以史诗为代表的叙事文学惯用的 topos 分段方法是一脉相承的。至于单元之间的连贯性，中国的史书也有很有特色的表现。如果我们把《史记》各个列传中的许多片段截取下来，就会发现，它们与虚构文学有许多相似的地方。列传往往以“某某者某郡人也”开端，然后继之以传主的经历，再从“危机”“大功”“大败”等一系列既定的美学外形中过滤，组成一种定型的模式。这种定型的叙事单元（或topos）[①] 不仅是历史书，而且也是全部中国叙事文学的惯用单位。古史的两大门类——纪传体和编年体，都是把一段段的小单位组合成长篇巨制的成功之作。

虽然，中国的叙事文有时也给人某种时间化“统一性”的印象，比如史书里以年代次序营造统一的印象以及小说里模仿街头说话的“回”所产生的连续性艺术统一感等等。然而，在研究中国的古典长篇小说时，我们必须承认，其作者似乎并不经意于创造一种时间性的连贯印象。我个人认为，中国的传统美学以“互涵”（interrelated）与“交叠”（overlapping）的观念为其关注的重点，所以其小说并不以前后连贯的时间性“艺术统一感”，作为批评的中心原则。虽然，我们也曾注意到，有些中国古典长篇小说的确以特定的神话或历史的架构作为支撑整体的框架——例如，《水浒传》从第一回“洪太尉误走妖魔”到第七十回“梁山泊英雄惊恶梦”（金圣叹本），利用一百〇八座魔星下凡作为连贯首尾的母题；《说岳全传》把岳飞、秦桧之间的仇隙归之

---

① topos原意为“地点”，后人引申为特定的叙事单元。详参 *Princeton Encyclopedie of Poetry and Poetics*。

为前世因缘；等等——然而，除了《儒林外史》利用首回、末回里的理想人物作为品评书中腐儒名士的标准，以及《红楼梦》利用首回里的“石头”故事与真假机缘来贯穿书中的情节这两种特殊结构以外，这类时间性的叙事架构并不足以构成小说的全面布局，而只是描绘轮廓的装饰手笔而已。

正是由于中国的一般叙事文学并不具备明朗的时间化“统一性”结构，今天的读者容易觉得它在根本上缺乏结构的层次。也正因为此，中国古典小说得到了所谓“缀段”的讥评。但是，研究中国小说的现代学者们惊讶地发现传统的古典小说评点家早就十分重视小说的结构问题，其实，今日所谓“结构”一语，早已在明清时代小说评阅者的词汇中出现过。中国奇书文体的字无虚用、事无虚设体现在“事”与“事”之间的空间布局之上。金圣叹《读第五才子书法》曰：“《水浒传》章有章法，句有句法，字有字法。”① 毛宗岗《读〈三国演义〉法》又曰：“三国一书有首尾大照应、中间大关

① 见马蹄疾编《水浒资料汇编》，中华书局，1980 年版，34 页。

锁处…… 凡若此者皆天造地设，以成全篇之结构者也。”[①] 诸如此类的例子，不胜枚举。如今，我们面临的问题是：中国古典小说究竟有没有现代意义上的“结构”呢？如果有，它们是单线发展的呢还是多面结构的呢？是时间性的，还是空间化的呢？是缀段的，还是统一的呢？一言以蔽之，它们与西方叙事文学传统中的“结构”相比较，有什么样的特色？我们先要对这类问题作一个根本的分辨，才能进一步研究中国叙事文学的结构问题。

二 奇书文体的“百回”定型结构

中国古典小说的定型长度是一百回，并不是一个巧合，在四大奇书成文的时代，它已成为文人小说形式的标准特征，“百”的数字暗示着各种潜在对称和数字图形意义，正好符合中国艺术美学追求二元平衡的倾向。明代的文人小说家按照杜撰的章节名称，把街头巷尾说书人各自独立的片段故事一回一回地串联成百回巨著，

① 见《绣像全图三国演义 · 读法》，浙江人民出版社，1985 年版，上册，8 页。

可以视为一桩重新的再创作，此举本身在中国小说美学史上的意义已经非同小可，更为重要的是，明清文人小说家们又把惯用的“百回”的总轮廓划分为十个十回，形成一种特殊的节奏律动。《水浒传》《西游记》和《金瓶梅》的早期版本，大致都分成十卷，每卷十回。这个看来似乎是出于偶然的版本学细节，其实暗蕴明清文人小说布局的一个重要秘密。我们一旦看破奇书文体由“十”乘“十”的叙述节奏组成——即小说叙述的连续统一性被有节奏地划分为十个“十回”的单元——全书的整体结构模型就了然在目了。

《金瓶梅》是这种结构方法的一个典型例子。小说的第一个十回重述《水浒传》中的故事：潘金莲与西门庆私通，谋杀亲夫武大，武松报仇未成终被放逐，最后以第九回“西门庆计娶潘金莲”而结局。第二个十回的结构与第一个十回十分形似。西门庆与李瓶儿通奸，李瓶儿的两个丈夫花子虚和蒋竹山接踵死亡，而瓶儿本人于第十九回进入西门庆的家门。可见，小说开头的两个十回的结尾，都有意识地安排了“纳妇”的母题。第三个十回写西门庆府中财运亨通之表和内部失和之里，而以第二十九回“吴神仙贵贱相人，潘金莲兰汤午战”中的众人看相一节为极重要的转折，预言各人未来的命运，有“警幻仙曲演《红楼梦》”的味道。[①] 第四个十回详细描述了西门庆主仆无法无天的勾当，因此第三十九回“吴月娘听尼僧说经”暗衬因果轮回的寓意。第五个十回一方面写潘金莲与李瓶儿之间的反目，另一方面写西门庆的财富扶摇直上，至第四十九回永福寺胡僧赠春药而出现重大的转折，与第六个十回末官哥在第五十九回的惨死遥相呼应。至此，每一个十回末，都有明伏后文业果的“种因”之笔。然后，小说便急转直下地进入“证果”的阶段。第七个十回叙述由于李瓶儿健康崩溃而出现真空，如意、林太太等替身纷纷乘虚而入，从而使小说转入第八个十回的狂热淫乱，最终导致西门庆第七十九回的暴卒。西门庆死后，小说作者仍然沿用十回一单元的节奏以第九个十回描绘众妻妾各奔前程，整个家族树倒猢狲散。第十个十回通过把笔锋转向陈经济的穷困潦倒，引读者走向落幕的结局。细心的读者不难发现，这种以十回一“卷”为单位，而把特别重要的或有预示意义的故事情节总是穿插在每个“十回”的第九

① 第三个十回最后以官哥的出世和西门庆的升官双喜临门而结束，与第五十九回官哥的夭折，中隔三十回，而遥相呼应。

与第十回之间的结构方法，其实是贯串全书核心章法。这种“百回”和“十回”互套的章法，与西方十八九世纪的小说结构相对照，存在着相当重大的区别。

对《西游记》的研读（我以世德堂本为底本）也支持我们的“一百回的篇幅是奇书文体的定型结构”之说，并且显示出有趣的特色，为我们探讨奇书文体的各种不同的十回结构图案提供了一个数象纲目。《西游记》一百回虽然不像《金瓶梅》那样，让每十回的单元，在叙事结构上都有一个明确的小收煞来打断，但也自有其特定的方式来显示小说的类似分卷特色。细读《西游记》的本文时，我们会发现，回目每逢平方数——如第九回“江流儿”的故事、第二十五回孙行者大闹五庄观、第三十六回“劈破旁门见月明”，第四十九回渡通天河、第六十四回木仙庵遇怪等等——几乎必定有一场寓意深远的好戏要上演。此外，研究《西游记》的结构一定要注意研究中国传统文化中的神秘数字“九”在小说中的功能和作用。“九”是架构《西游记》全书的中心数象图案，作者把唐僧取经“九九功完”安排在第九十九回绝非偶然，而在我们读到第九十回时，遇到众多以数字“九”命名的妖魔和地点——九曲盘桓洞中九个头的九灵元圣——也不是空穴来风。第九回、第十九回至第二十九回和第七十九回至第八十回都有关于心经的隐喻，第九、第四十九、第九十九各回都有渡险河的细节，等等，均是明证。

我们也许能顺便注意到《西游记》中，“九”的结构功能和但丁《神曲》中“百”的结构功能之间的类比现象。前者的九九八十一难在九十九回加一回的框式里完成，而后者入地狱上天堂的旅程镶嵌在三十三乘三加一的架构之中。《西游记》中的“九”的数象图案在佛学、道学和儒学、《易经》的概念里源远流长，有各种特殊的含义，并且可以作为象征多象概念的抽象密码，它在《西游记》的结构中，完成了“九九循环”的布局。尽管上述例子中没有一个能单独使我们相信这是作者的有意安排，但综合起来研究，它们确实表明了小说至少有一种在结构框架上以十回为单元的松散的美学节奏感。

《水浒传》的布局，也不例外。我们初读时的印象，会感到《水浒传》是由一些出自民间的故事素材杂乱拼接在一起的杂烩，由于故事资料的来源复杂，似乎不易追寻上述那种井井有条的叙述图式，但令人吃惊的是，在许多地方，奇书文体的“十回”的模式不请自来，在卷页之间飘然涌现，转而使读者不能不强烈地感受到，这些片段原来都是经过精心安排的。据我所知，现存的繁本百回《水浒传》虽然没有一部是分成十回一卷的，但各种分成二十卷、每卷五回的本子，都可以变相地合并成“十回”的结构。足见《水浒传》一书，大体上也与《金瓶梅》和《西游记》大同小异，基本上是以十回为单元的节奏组成的。这种十进位的章法既清楚地见于前半部的所谓，“武（松）十回”“林（冲）十回”和“宋（江）十回”等脍炙人口的卷帙，又贯穿于后半部梁山泊全伙受招安（第七十二回至八十二回），和平辽（第八十三回至九十回）、平田虎（第九十一回至一百回）、平王庆（第一百一回至一百十回）、平方腊（第一百十一回至一百二十回）的所谓“征四寇”部分。有人根据《水浒传》七十回、一百回和一百二十回三种本子同时流行的现象，对奇书文体的百回定型结构提出疑问。我经过细读后发现，这三种不同回目的本子其实并无结构上的矛盾。相反，一百二十回的布局可以看作是对百回繁本的结构合理性的一种旁证，它保存了前者的明显数字平衡感和对称，只是一种“加一倍写法”。金圣叹腰斩的七十回本也是如此，表面上看来，它似乎否定了百回本及其引申出的百二十回本的结构意义，但实际上，这种貌似的否定却更足以重新肯定百回本的设计。

《三国演义》通行本长度为一百二十回，但同样体现了与以篇幅为一百回的其他奇书相似的审美对称感和渊博性。我认为，《三国演义》一百二十回、二百四十目的设计，除了与通俗文学的形式有共通之处外，显然也是对《通鉴纲目》记事体例的模仿。《三国演义》明显地采用了以十回为段落的章法。第一个十回是董卓传，而于第九回结束了他器张一时的荣辱生涯。第二个十回是吕布传，重复了同样的图式，而第十九回乃有吕布的白门楼败亡。第三个十回是曹操传，有许田打围、煮酒论英雄、土山降关羽等酣畅淋漓的笔墨，最后以第三十一回大破袁绍而结束。第四个十回是刘备传，有荆州依刘表、跃马过檀溪、新野得徐庶等精彩的篇章，而以第三十八回的“隆中对策”收煞。更明显的是，从第三十九回“搏望坡军师初用兵”到第四十九回“七星台诸葛祭风，三江口周瑜纵火”和“第五十回“诸葛亮智算华容，关云长义释曹操”是传诸葛亮的十回。观此种种，《三国演义》十回单元布局的明显程度，虽然略为不如《金瓶梅》，却毫无疑问可以至少与《水浒传》旗鼓相当。

清代奇书《红楼梦》的结构布局，明显地取法于明代四大奇书。虽然，《红楼梦》从来也没有一个一百回的本子，通行的只有一百二十回的程高本和脂砚斋的八十回《石头记》抄本。乍一看来，似乎“奇书文体百回说”并不适用于《红楼梦》；然而，通观全书，我们仍然可以找到足够的线索，证明两者在结构布局方面有大量异曲同工、波澜不二的地方。首先引起我们注意的是，《红楼梦》的头二十回的结构，与《金瓶梅》十分相像，其主要叙述作用在于点缀贾府内外的布景，伏下宝、黛、钗奇缘的头绪，集齐日后在花园中日日取乐、扑蝶吟诗、闲中闹事的女主人公们，试看它与《金瓶梅》用前二十回的篇幅来集齐金、瓶、梅等园中诸佳丽的手法，又何其相似乃尔。更发人深省的是，《金瓶梅》中花园的建造，在第十六到第十八回。《红楼梦》中大观园的建造也恰在第十六到第十八回，如此的巧合，似乎并非出于偶然，而更可能是出于同一种结构的机杼。《红楼梦》在结构上暗中取法《金瓶梅》的地方，细读之，处处皆是，无怪乎张新之（太平闲人）要说《红楼梦》“借径在《金瓶梅》”了[①]。如果我们的假设成立，《红楼梦》的确是以《金瓶梅》为结构的蓝图，那就不妨进一步臆测曹氏的原稿设计或许也不外乎就是四大奇书定型的一百回本。最近红学名家周汝昌先生在《红楼梦与中华文化》大著中提出一个新说，推测《红楼梦》的原稿应该是由九回一段的结构单元组成，总达一百〇八回的全文篇幅。周老先生的论点和我的“百回说”虽稍有出入，但小说美学层面上的意义大同小异。

三 “十回”主结构中的次结构

上节我们讨论了十进位的百回布局是奇书文体的主结构，本节我们要进一步研究奇书文体多姿多彩的次结构。

奇书文体的次结构，存在于每一个十回的单元之内。读奇书文体时，在一个十回的单元里，我们经常能发现某种小型的内在起伏的存在，例如上文已经提到，

---

① 见张新之《妙复轩评〈石头记〉》，北京图书馆出版社，2002 年版。

每十回中的第九、第十回在布局结构中都具有特定的功能。此外，我们还会注意到，每十回单元的中间，即第五回的前后往往是另一个关键，经常孕育着一个饱含喜怒哀乐的情绪高峰，夹在首尾两次相对平静的低潮中间。试以《金瓶梅》为例，综观小说全文的布局，我们可以发现每一个十回小单元中的第九、第十回（有时也包括第五回）往往都有它的特殊功能。

《西游记》在各个十回中利用三、四回小段落的布局来暗藏玄机的做法，除了下列的“引入本题”法之外，还有其他的变体。例如，在细读中，我们会发现各类涉及色欲的情节几乎都被安排在每十回的第三、四回前后（例如，第二十三回的“三藏不忘本，四圣试禅心”，第五十三至第五十五回的饮子母河水、入西梁女国、遇母蝎子精，第七十二至第七十三回盘丝洞迷蜘蛛精，第八十二至第八十三回战地涌夫人，第九十三至第九十五回斗假天竺公主）。同时，每十回一套故事的第七回前后往往是另一个布局关键。例如，第二十七回至第三十一回和第五十六回至第五十八回中的“心猿”两次被逐，等等。

奇书文体的次结构布局，以《西游记》的布局的

“三、四回”法为最有代表性。《西游记》中一种特别有趣的次结构形式是，先取某个长度为二、三回的情节段落，构成一个在情节上独立的片段，再在这个片段之前另添一个情节独立的加回，进而在主题上把该片段和那个加回串联在一起。这种格式的典型范例，见于第五十三回“禅主吞餐怀鬼孕，黄婆运水解邪胎”至第五十五回的叙事片段中。在这个片段里，后两回（第五十四回、第五十五回）西凉女国招亲和降蝎子精的故事就是由前一回（第五十三回）的取经人“怀孕”的闹剧而引发的。在主题上说，这两段文字是一个整体；而从叙述流动的角度说，第五十三回的一连串事件是一个单独的情节，而第五十四回和第五十五回则又合成另一个整体，两者均在整个故事中自成一体。同样的章法又见于第二十七回取经人与白骨夫人邂逅相逢的奇闻。它一方面在主题上为后文的放心猿一节提供了寓意布景，另一方面则在情节上与从第二十八回到第三十一回的连绵故事的主体部分藕断丝连。这种可称为“转枢性”或“引入本题”的章法，在我读来，似乎是出自作者深思熟虑的构思，从而在上文讨论的“第九、十回重点说”之外，又为奇书文体提供了所谓的“三、四回次结构法”。

这种“三、四回次结构法”，在其他各部奇书的结构中也有十分广泛的运用。在《水浒传》十回单元的总框架之下，我们也可以看到类似《西游记》的三至四回的较小单元穿插出现。例如，第三至第七回的叙述重点以鲁达为主；第七至第十一回写林冲；第四十四至第四十六回写杨雄。又如，第四十六至第四十九回写“三打祝家庄”，第六十至第六十二回是“智赚卢俊义”。这一模式与《西游记》利用三、四回的关目来叙述一段情节的章法的类似之处，十分显见。与此同时，《水浒传》也间或采用类似《西游记》“引入本题”的结构技巧，即在三、四回一节的小单元之间插进另一单独的回目作为插叙，例如第五十三回公孙胜斗法破高廉既是结构上单独的一回，又和整个从第五十四至第五十六回的宋江大破呼延灼连环马的叙述单元在主题上相连。又如第六十五回“吴用智取大名府”既是一个情节上单独的段落，写梁山泊击败梁中书，又在主题上与第六十六至第六十七回的降水火二将、夜打曾头市、活捉史文恭的一个大情节单元唇齿相连。

《三国演义》也在次结构单元的处理上，采用“三、四回”的段落叙事方法。如第二十五回“屯土山关公约三事，救白马曹操解重围”至第二十七回“美髯公千里走单骑，汉寿侯五关斩六将”，叙关羽的被俘和逃脱。又在第七十三回“云长攻拔襄阳郡”至第七十六回“关云长败走麦城”，写关羽的大胜和败亡。前三回由败而胜，后三回由胜而败，中间隔近五十回，相互映照，一丝不乱。此外，我们还可以发现《三国演义》另一个突出的次结构特点是，经常运用定数序列事件——例如“三气周瑜”“七擒孟获”“六出祁山”“九伐中原”等等——来构成独特的结构美学效果。毛宗岗注意到了这种序列事件的结构意义，并提出其中既有“连写”（例如七擒孟获系列故事），又有“断叙”（如三气周瑜系列）两种作法，我们在研究时须作进一步的细分。我在这里要强调，《三国演义》的这类数字序列的基数经常是“三”，与《西游记》的基数往往为“九”，相映成趣。《三国演义》对“三”的数字图式的运用，就序列事件而言，我们还可以举出“三让徐州”“三出小沛”“三顾茅庐”等等，显然可与《水浒传》里的“三打祝家庄”“三败高太尉”的图式相对应。这类布局，不论就序列事件还是就历史哲学的角度来研究，都十分引人深思。

《红楼梦》中类似的例子也不少。例如，从第十三回到第十五回是秦可卿之死，第三十九回至第四十二回是刘姥姥入大观园，第六十四回至第六十六回是尤三姐的故事，第六十七回到第六十九回是尤二姐的故事，等等。可见“三、四回”的次结构，在奇书文体的局部性布局中，占有相当的地位。我认为这种次结构虽然与宋、元、明、清小说戏曲的共同叙事俗套，有着千丝万缕的内在联系，却是在明清文人小说中才真正发展成为一种精致文化的老练结构特色。一言以蔽之：奇书文体的次结构，须从小说回目的逢三、逢五、逢七、逢九处去寻找。

四 “十回”结构的整体拼合图式

我们在上节讨论了奇书文体的“十回”主结构和内部的次结构，本节则要重点讨论，各个“十回”的结构单元，如何按照一定的布局法则拼成全书。仍先以《金瓶梅》作例子，我们可以看出，前八十回和后二十回是一个明显的分界线，而首尾各二十回（第一回至第二十回和第八十回至第一百回）又构成一个明显的对称。首尾二十回的故事大都发生在西门庆私宅的院墙之外。在开头的二十回里，家庭新添金、瓶、梅三小妾，奠定了全书的规模，分明与结尾的二十回里同一家庭的分崩离析、土崩瓦解遥相呼应。小说的中间六十回是《金瓶梅》叙事的中心，作者展开了围着高墙的大家庭园内部的核心虚构境界，把叙事步骤减速，不疾不徐地讲述那日日夜夜、寒来暑往的静中动和动中静交替的故事。这一内在世界的存在一直延续到第八十回，直到西门庆死于非命，树倒猢狲散为止，终于转回到最后二十回的西门家外世界。这种井井有条的整体结构布局，可以视之为富有对称感的“二十—六十—二十”的叙述程式。[①]

《水浒传》的章法，与《金瓶梅》的这类整体结构布局，也相当接近。一百二十回本《水浒传》，从第一回“张天师祈禳瘟疫，洪太尉误走妖魔”到第十八回“林冲水寨大并火，晁盖梁山小夺泊”和第十九回“梁山泊义士尊晁盖，郓城县月夜走刘唐”，为英雄聚义的第一段落；而二十回后的第三十八回“浔阳楼宋江吟反诗，梁山泊戴宗传假信”和第三十九回“梁山泊好汉劫

---

① 与这个程式相呼应，西门庆的进京之所以安排在第七十回（离结尾三十回），也显然是有意与来宝的第三十回上东京相互对照。

法场，白龙庙英雄小聚义”的宋江上山落草，则为聚义的第二个大段落；随之进入小说的核心虚构境界部分，直到第七十一回“忠义堂石碣受天文，梁山泊英雄排座次”结束；然后又用后第七十一回到第八十二回的一个大段落，专门讲述梁山一百〇八好汉全伙出齐受招安的始末；最后则是从第八十三回开始的著名的“征四寇”，直到第一百二十回的尾声。读者不难看出，《水浒传》的这种“二十—二十—四十—四十”的整体结构安排，其实是上面讨论的“二十—六十—二十”的叙述程式的一个变相的翻版。

《三国演义》的整体结构布局，也与上述的模式大同小异，从第一回桃园三结义到第四十回诸葛亮火烧新野，所有的主要人物均已先后登场，是为开端；从第四十一回到第八十回是小说的核心虚构境界部分，而在这一核心虚构境界的尾部，从第七十七回的关羽之死开始，前八十回里三分天下的诸大英雄开始相继死去——曹操死于第七十八回，张飞死于第八十一回，刘备死于第八十五回。曹操之死和刘、关、张之死的意义均极为重大。曹操一死，天下随后大乱，分明是小说结构划分的一个主要标记。而刘、关、张的相继死亡，实际上结束了第一回由桃园三结义所开创的“三国演义”，从此天下大事从前半部那种国家亡、英雄聚的“分中合”境界开始步入后半部以“三国归晋”为目标的英雄散、国家兴的“合中分”的结局。说到底，《三国演义》的整体结构为“四十—四十—四十”，乃是我们上文所讨论的模式的又一变体。[①]《三国演义》和《水浒传》的成书均早于《金瓶梅》，而上文所举的各个整体结构模式以在《金瓶梅》中的那个为最成熟。从《三》《水》《金》三书在叙事结构比例方面的惊人的类似，我们可以推论，后者那种成熟的“聚散”整体结构模型，作为奇书文体的美学创作原则，其实是师法前者的。换一句话说，就布局而言，先有了《三国演义》中曹操的七十八回之死，才有《金瓶梅》中西门庆在第七十九回的家破人亡。

百回本《西游记》在首尾二端之间形成对称感的方式与上述《金瓶梅》式的模式同中有异。它不采用“二十回—六十回—二十回”的整齐对应来形成对称感，却

---

① 其中，刘备崛起于第二十回，称帝于第八十回，中隔六十回，这一数字也很值得注意。因为它既符合十回单元的节奏，也可以作为周期时运的标记。

利用回目的巧妙搭配来达到类似的效果，而显得更加微妙，尤为耐人寻味。例如，第二回“悟彻菩提真妙理”里的菩提祖师对美猴王学道故事里的讲道说法，又在第九十八回“功成行满见真如”中灵山上佛祖座前再次变相重演，回目以二对九十八。再如，第九回里抛绣球的母题在第九十三回里又重复出现。前者是唐朝殷丞相之女择婿，中绣球者为唐僧之父陈光蕊；而后者是天竺国假公主招驸马，中球者是唐僧本人；回目以九对九十三。又如，第十三回取经人从两界山跨出大唐疆界、深入不毛之地，与第八十八回师徒四众重返礼仪之邦，到达秩序井然、“与中华无异”的天竺国玉华悬相映成趣；前者是唐僧收悟空、八戒、沙僧为徒的开始，后者则有悟空、八戒、沙僧收天竺国三小王子为徒的故事，回目以“三”对“八”，中隔七十五回遥遥相对。有关连用数字构思的更为奇特的范例还体现在一些深有寓意的特别章回之中。这些章回的回数往往和数字的平方恰好相称，如第九回、第三十六回、第四十九回、第六十四回等等——这一点我们在本章的上一节已经约略地谈到了。一旦读者对这种模式开始了解，深入探讨《西游记》的整体结构布局的种种变相，便会发现若干微妙的事例，例如第六十四回和第九十四回都描绘作诗之景；第八回“我佛造经传极乐，观音奉旨上长安”是取经的缘起，而其事晚至第九十八回才告实现；等等，均是明证。①

《红楼梦》的布局十分错综复杂，并且由于前八十回原本与后四十回续书的问题，使人很难明确地判断，小说到底应该到哪一回结束。但我相信，它在这方面基本上脱胎于《金瓶梅》的模式，再间或参考其他几部明代奇书的法式。《红楼梦》的前二十回是整部小说的“开场白”。尤其发人深思的是，在这个开场白里，大观园始建于第十六回，起用于第十八回，与《金瓶梅》的开场白里，西门府花园的始建与起用的回数毫厘不差，似非偶然的巧合，而更像是出于有意的模仿。从第六十回开始，大观园内乱事接踵而起，从第七十回到第八十回则已明显有“呼喇喇如大厦顷”的山雨欲来之感，而第七十回的“林黛玉重建桃花社”，恰恰是回天无力的中兴的象征，绝非等闲的笔墨。随后的第九十八回黛玉之死，第一百十回贾母之死，到最后第一百十九回宝玉

---

① 可惜我察觉不到第八十一回有任何与之对应的特殊之处，否则这一诠解模式即可成为全璧。

出家，虽多有错综之笔，大纲始终不离上文所分析每“二十回”一个递进的循环“聚散”法式，由此构成了全书的总结构图式。

五　奇书文体的高潮位置

中国叙事传统的循环往复的时间流向，引起奇书文体在批评上的一大困难：如何辨识什么地方才是全书的高潮和结局？要能辨识这一点，才算真正了解整部作品的结构，而“这一点”恰恰又是始终有争议的难点。一般来说，中国小说里情节的“高潮”（climax），往往远在故事的终点之前就发生了。例如西门庆死在《金瓶梅》的第七十九回，《儒林外史》的泰伯祠之祭发生在第三十七回。而金圣叹之坚持腰斩一百二十回的《水浒》，使之成为七十回之举，在结构上的意义更是不容忽视。[①] 我们在上节中所提出的奇书文体的“二十回—六十回—二十回”的整体性布局法，其实为进一步解开中国明清长篇小说中的高潮之谜，透露了一点消息。

---

① 金氏的作风实反映了晚明文坛的一般“求全”的倾向（即求结构上的完美的倾向），因为七十回本到底在结构上要来得整齐完整。

《金瓶梅》的最后二十回形成一个独立叙事单元，体现了我们上文讨论的明清文人小说的一大形式特征：全书的高潮——主人公的死亡或垮台——往往出现在全书三分之二或四分之三的地方，然后是一个相当冗长的结尾，书中的人物从容离散。西门庆的第七十九回之死，在回数上似乎并非偶然，如果我们对比《三国演义》里曹操死于类似回数，而曹魏王朝从此一蹶不振的结构模式，就可以发现两者何其相似乃尔。《水浒传》也与《金瓶梅》和《三国演义》一样，在高潮位置的安排上，有异曲同工之妙。梁山好汉在发展到他们势力高潮——梁山泊英雄排座次——时突然刹车，本身就隐示了这班结义兄弟必然零落四散的后续故事，因而暗合明代小说的基本结构安排的美学。《红楼梦》因为有先后续书的问题，今天我们很难肯定，曹雪芹原来的高潮究竟何属，更无法知道它究竟应该出现在第几回。九十八回的林黛玉之死，从根本上打破了小说开端处贾宝玉“神游太虚境”时确定的“木石前盟”。如果我们把它作为一个可能的高潮，其出现虽然较上述其他诸书为晚，但也基本符合我们提出的结构图式。上述诸例，其实都从不同的角度，重申了奇书文体的高潮模式，即作品前半部以三分之二的篇幅作为主体，逐步构造出小说的核心虚构境界，然后再用一段冗长的结尾来使这个境界逐渐解体。唯一的例外只有《西游记》。①

奇书文体的作者所描绘的核心虚构境界，在叙事“高潮”过后的冗长的后半部里，或者一步步逐渐消失，或者改换故事焦点。所以，明代四大奇书、清代《儒林外史》的后半部、《红楼梦》的后四十回，都备受现代学者的批评。然而，我们必须注意到，奇书文体结构章法的匠心独运之处，还在于它把高潮设在全书三分之二或四分之二处的同时，又将全文划分成对等的两半。《金瓶梅》第四十九回，西门庆的永福寺获春药，是把全书前后划为两截的分水岭。小说的前半截刻画了西门庆如何发财、做官、纵欲，步步升级；而后半截，正是这些方面的春风得意，加速了他的自毁过程。张竹坡在评论中多次用“上半截”和“下半截”来划分西门庆家运的盛衰，从而成为理解这部作品的关键。和《金瓶梅》相似，《西游记》的一百回整体也可以划分为两个

---

① 上述的高潮结构，在《西游记》中并不明显的原因，也许是由于取经故事的直线发展，不适用另外各部奇书中的兴衰循环模式的缘故罢了。

对峙部分。《西游记》中第四十九回渡通天河恰好象征性地发生在西天取经的中途，进而标志着小说上半部的结尾。而重渡通天河在第九十九回小说的下半部结尾处重演，引渡者都是同一只通灵的老龟这些细节都加强了我们在第四十九回时已读到该书中点的感觉。从这个意义上说，《西游记》把小说全璧分为二块的这种方式非常近似《金瓶梅》。

如果说，《金瓶梅》和《西游记》是以第四十九回作为划分前后两大部分的分水岭，那么，《三国演义》因篇幅较长，中点的出现理应相对地挪后。虽然如此，小说居然也在第四十九回至五十回的“赤壁大战”中，如约拉开了“中点”的序幕，而到第六十回刘备取益州后三国鼎立形成，“中点”才告结束，然后就是主要人物的退场。我们可以把一百二十回本《水浒传》的中点，视为在第七十一回“梁山泊英雄排座次”，然后通过“征四寇”的血战有条不紊地几乎清除了所有的梁山好汉，从而实现了上述约定俗成的结构美学原则。即使是经过金圣叹腰斩的七十回本，从另一个角度，也可以作如是观。例如，我们可以隐隐看出结构上的一条分界线恰好落在金本的正中前后，即第三十五回宋江在充军途中上梁山与晁盖聚义，具有意味深长的象征意义；然后小说经过梁山泊英雄江州劫法场而在第四十回“宋江智取无为军”处突然升级，结束了前半部地方性的打家劫舍营生，而标志着梁山好汉在小说后半部开始成为对中央政府的严重威胁。至于，《三国演义》第五十回以赤壁之战三分天下与第一百二十回的三国归晋，遥相对应，亦一为例。

这种把全文分为互相映照的两个半截的章法，在《红楼梦》中也有出色的运用。第四十九回“琉璃世界白雪红梅，脂粉香娃割腥啖膻”和第五十回“芦雪亭争联即景诗，暖香坞雅制春灯谜”两回，写尽了大观园盛极一时的风光，隐示了它的盛极而衰，恰恰是小说的中点所在。这种截全书为两半的叙事模式，使我们可以把它看成是一个不断旋转的法轮。例如，金圣叹的七十回本《水浒传》以“忠义堂石碣受天文，梁山泊英雄惊恶梦”使故事戛然而止，也提供了足以和第一回对称抗衡的起承转合，给人以强烈的天道循环的结构感受。这种布局的真意在于延绵不断的回转，所以我们可以进而把这类似无了局的结构视为一种无休止的周旋现象。为什么奇书文体的后半部里经常出现主人公们的晚辈——例如《三国演义》里的关兴、张苞——像长江后浪推前浪似地淘尽千古风流人物呢？为什么奇书文体总是有无休无止的“续书”呢？这些问题的答案，都可以试从上述的结构秘法中，去寻找解答的线索。

从比较文学的观念来研究中国明清文人小说的结构布局，不仅奇书文体的高潮位置与十八九世纪的欧洲小说不同，而且它们开篇的布局也互异其趣。例如，在《金瓶梅》的开头，我们可以看到一种特殊的布局。我认为，《金瓶梅》以《水浒传》“武松杀嫂”的情节为蓝本开始故事，其意义并不仅限于作家对原始素材的利用，而且在于它代表了明清文人小说的一个重要章法，即在作品主体部分之前附加一个结构独立的序曲。《西游记》前十回的重心是孙悟空闹天宫，与西天取经的主体若即若离。金圣叹腰斩《水浒传》，把原第一回改成单独的“楔子”，而重编其余原章回的号码数字之后，就把更多的宝押到十回单元的头一回上了。而《三国演义》的前十回则围绕着董卓而展开。上述种种，都是变相的“楔子”。奇书文体的这一共同章法显然与拟话本中的“入话”有某种渊源关系，这在当时正在成为一种文人写小说的标准格式（或者说，一种叙述的模式），用意在于提醒读者注意作品的主体部分有深意存焉。

六　奇书文体的时空布局

我们在上文各节中，以奇书文体的十进位布局法为中心，详细讨论了中国明清文人小说的结构特色。在本节和下节中，我们拟在十进位布局法之外，对奇书文体在结构上的其他奥秘和秘法，进行比较深入的讨论和研究。首先，我们要谈的是奇书文体的以时空为框架的布局法。

仍然先以《金瓶梅》为例。《金瓶梅》的作者相当注意时间节令的处理。《金瓶梅》主体故事的时间跨度在十年之内，而作者对于一年四季的时令变换的处理极见匠心。作者不厌其烦地描写四季节令，超出了介绍故事背景和按年月顺序叙述事件的范围，可以说已达到了把季节描写看成一种特殊的结构原则的地步。如果我们注意到作者描写景物时特别突出冷和热不断交替的原理，这种季节性的框架结构就显得更为明显。小说描写四季变化常用“热”和“冷”的字样，其用意往往联系到与易理相关的更加抽象的哲学概念。纵览全书，我们常可以看到随着时令的变换，人间热闹与凄凉的情景之间也发生相应的更迭。我们不难觉察，西门庆家运的盛衰与季节循环中的冷热变化息息相关。不言而喻，“冷热”字样在明清小说戏曲中的意义，远远不止天气的冷暖而已，而是具有象征人生经验的起落的美学意义，才有所谓“热中冷”“冷中热”的交错模式出现，泛指大千世界里芸芸众生之生生不息的荣枯盛衰。

我们对冷热的引申意义有了以上象征性的认识，就不难发现它在《金瓶梅》的情节布局中所占据的一席重要地位。在一年四季的周期循环里，不少最“热”的场景都被安排在最寒冷的几个月份里，而在中国传统的习惯里，这些月份又恰巧是人们最热衷于寻欢作乐的节令。这一章法的原理也许能局部地解释为什么“元宵节”在明清文人小说家的眼里特别富有魅力。整部《金瓶梅》的四季描写中多次提到元宵节，每一次都有特殊的深意存焉。细心的读者不难发现，小说的骨架相当引人注目地镶嵌在年复一年的惯例性节日庆典的框架里，多环绕着西门庆和众妻妾祝寿活动而展开。祝寿的场面在《金瓶梅》这样一部“人情小说”里当然在所难免，问题在作者处理细节时运用的时间结构框架——他刻意把祝寿的场合安排在季节循环中的若干特殊的时刻：吴月娘生日在中秋（阴历八月十五），潘金莲生日在春节期间（阴历元月初九），李瓶儿生日在元宵节（阴历元月十五），西门庆生日在夏季季末（阴历七月二十八）。这些生日一个个如此巧妙的安排，清楚地透露了作者在时间节令方面的精心设计。

众所周知，《金瓶梅》在时序的处理上有许多表面上的前后矛盾之处。有的批评家认为，这是结构上的败笔。但有一些老练的传统评点家——例如张竹坡——则持相反的观点，他断言书中每一处看起来是由于作者的草率而造成时间错乱的地方，其实恰恰是一种经过深思熟虑的章法。张竹坡说："史记中有年表，金瓶中亦有时日也。……此皆作者故为参次之处。"① 今人魏子云也把故事内日期差误的地方，解释成是暗有寓意的笔墨。我相信，正是通过这种章法，《金瓶梅》把季节循环作为故事的框架，与"十回"结构中的盛衰聚散情节编结在一起。

《西游记》也采用季节作为它的框架性结构原则。在故事铺叙的时间安排上，唐僧取经历一十四遍寒暑，

① 见方铭编《金瓶梅资料汇录》，黄山书社，1986 年版，180 页。

经九九八十一难，本身就是一个节令性的结构框架。我们还可以发现更多精心设计的以时间为轴心的框架性布局痕迹。小说中双重的叙述焦点暗示了一个值得重视的时间性框架构思：一方面是初唐史事的时间框架，另一方面是猴王闹天宫的故事和形形色色的妖魔前生历史的虚构神话年代。小说中把这两个时代之间的间隔一再描述为“五百年”①。这个数字，如同佛家和儒家经典所示，一般可理解为时间概念上的遥远过去。不过，另一个可能的解释是真的隐指距取经故事发生的初唐时代的五百年前（用非常粗略的计算），也就是指汉朝中叶，那就是说，书中偶然提及王莽的地方，都唤起历史与哲学方面的某种不无意义的共鸣。如第十四回里就曾点明，五百年前孙悟空大闹天宫之日，正是人间王莽篡汉之时，可备一解。

《西游记》的结构也充分显示出对冷热循环交替及其相互补衬的敏感，并把冷热的意象与寓言结构中的水、火等象征联系起来，使之具有更深层的意义。在《西游记》由方位及其他寓言性的抽象要素所组成的总

---

① 《孟子》云：五百年必有王者兴。后来佛道经典中均有“五百年”的观念。《金刚经》仅一例而已。

布局里，作者甚至运用季节的意象来作为妖魔和他们的各个洞窟的模型。和《金瓶梅》《西游记》一样，《水浒传》也注重利用某些复杂的时间图案来安排章法。有关时间图式的范例，最显而易见的仍是运用季节循环来作为小说布局的基点。我在前面提到，《金瓶梅》喜欢把元宵节作为节令描写的典范；其实，《水浒传》也不例外。《水浒传》里许多关键的场景恰好被安排在这一佳节，似非偶然。比如，第三十二回宋江清风寨被擒，第六十五回大名府救石秀，第七十二回李逵闹东京等等，实例可谓俯拾皆是。此外，《金瓶梅》里有意识地运用冷热意象作为结构的手法，在《水浒传》中也不乏其例。第九回“林教头风雪山神庙，陆虞侯火烧草料场”中的冷热交相为用，巧妙地把火和雪的意象编合在一起，即是一例。

《三国演义》开宗明义，即一语道破“天下大势，分久必合，合久必分”。这句家喻户晓的名言清楚地透露了小说的“时间循环论”布局，在历史循环的哲学思想影响下，《三国演义》的开端和结尾形成了时间结构上的照应，限于篇幅，我这里仅举五个例子为证。第一，第一回“宴桃园豪杰三结义，斩黄巾英雄首立功”

里，记刘备幼时与乡中小儿戏于树下，曰“我为天子，当乘此车盖”，与第一百十四回里曹髦的大喝“吾乃天子也”，遥相呼应。第二，首回指出汉亡于“十常侍”，而第一百十五回“诏班师节主信谗，托屯田姜维避祸”里再次提到“十常侍”，暗示蜀汉将亡。第三，书末第一百十八回姜维与钟会的政治结义，与第一回桃园的结义遥相呼应。第四，第一百十九回里象征性地重现黄巾，使历史循环进程重统一圈。第五，在第一百二十回里的“千寻铁索沉江底”，暗射当年赤壁大战时，吴、蜀联军破曹军的“铁链锁船”的策略，不过此番却是晋军破吴，结束三国的鼎立。虽然此处没有具体的季节，但其实暗蕴“春生、夏长、秋收、冬藏”的四时变化的易理。

中国明清文人小说醉心于以季节为框架的时间性结构的同时，也极讲究“空间性”的布局，所以历代的传统小说评点家采用的批评术用语，有一部分源自于山水画论。其中最明显的例子，莫过于毛宗岗在批评《三国演义》时所用的一系列术语，如“近山浓抹、远树轻描”，“奇峰对插、锦屏对峙”，“横云断岭、横桥锁溪”等等，足见这类批评概念与“空间性”布局的关系。这里，我想先谈谈《金瓶梅》的空间布局构思。不少读者都对《金瓶梅》刻画入微的空间描写留下深刻印象，作者花了如许笔墨来点缀客观背景，以至小说可以作为研究明代都市设计、房屋建筑以及室内装饰的文献资料。张竹坡曾多次提到小说主要人物在庭院内的居处布局，这一布局伏下故事中一整套微妙复杂的人际关系。有的学者则注意院外的大街小巷、花街妓院、清河县城内各处寺庙和西门庆几次沿大运河去开封的旅行路线。这些五光十色的空间背景具有结构上的意义。正是背景描写使西门府这个故事发生的小天地和围墙外的广大世界形成了意味深长的对比。

与其他 16 世纪明代文人小说相比较，《西游记》的空间布局方法不免由于取经故事的直线发展而有所限制。它的空间布局方法，在很大程度上依赖于把小说中的主要人物按照五行的属性排列，进而织成一种总体图案。这种图案并不是首尾一贯的（例如，孙悟空似乎介于金与火之间），也没有完全定局（例如，猪八戒专属木位，而唐僧和沙僧都与土有缘，白龙马则暗定在水位，等等）。不仅取经五圣如此，形形色色妖魔的设计也往往利用五行生克的象征性颜色和方位来定位，但也从未形成整齐划一的图式。我在后文还要就上述图式与小说寓意结构的互动作进一步的讨论。这里，我只想提请读者注意《西游记》把五行之说运用于作品美学的空间模式设计。这一手法，在后来的《红楼梦》中，则将成为表述意义的首要框架。

至于《水浒传》中的空间排列的模式，也呈献出不少巧妙的构思。水泊梁山为崇山峻岭所环抱，山外环湖，湖外有沼泽，层层递进。山寨虽小但地理辐射范围广大，东至青州，北达沧州，西抵延安府，南到江州。这种空间的方位模型，是全书空间设计的一种缩影。第七十一回以后的故事安排不但在一定的程度上复现了这个模式，并有巧妙的发展。“征四寇”的故事，北方征辽、西北平田虎、西南平王庆、东南征方腊，隐隐然划出一道逆时针方向的全方位扫荡，从而构成一种以“四时八方”为结构原形的空间美。这种宏观的空间设计图案，在研究繁本《水浒传》的文人小说美学模型时，具有不可或缺的重要性。

《水浒传》的这种地理纵横章法，在《三国演义》里也有淋漓尽致的发挥。《三国演义》的开头三十回，故事人物活动的舞台是在中原的京畿地区，第二个三十回把舞台的中心移到江南，然后中心情节围绕着西南的巴山蜀水铺开，最后直至蜀魏决战，地点才再次东转，回到中原。

大观园的空间布局，为《红楼梦》设定了一个特定的空间环境。怡红院、潇湘馆、梨香院、稻香村、栊翠庵等等的布置，在小说的每一步发展中都有空间上的意义。没有这样一幅空间图案藏在胸中，读者在阅读《红楼梦》的时候，就会在情节中迷失方向。而书中人物的五行属性，也为他们各自在大观园中的居住和活动的位置，留下了意味深长的线索。

奇书文体变化多端的时空结构章法，为我们研究中国小说的结构开辟了一个有趣的领域，本节所谈，仅仅是一个开端。

七　奇书文体的“纹理”研究

本章在以上各节中，重点研究了奇书文体结构布局的几个重要方面。上文各节中所谓的“结构”一词，在语义上与西方文学批评术语 structure 基本上是对应的。然而，如果我们进一步研究中国传统的评点家笔下的

“结构”一词的各种复杂含义，就会发现，许多中国传统评点家们视之为“结构”的地方，并不一定就相当于西方文学批评中的 structure 问题。例如，中国传统的评点家时常研究小说的“针线”问题，认为这是小说结构极重要的一个方面。但是，当我们作比较研究时，就会发现这里所谓的“结构”，往往并不是指西方叙事名著里的 structure——即那种“大型”叙事架构所拥有的艺术统一性——它处理的只是奇书文体所特有的段落与段落之间的细针密线的问题。也就是说，它其实不是“结构”（structure），而是“纹理”（texture，文章段落间的细结构），处理的是细部间的肌理，而无涉于事关全局的叙事构造。① 正因为此，在前几节探讨结构的基础上，本节研究奇书文体的纹理。

在现代不少学者看来，《金瓶梅》不厌其烦的细节性行文，似乎不过是对西门庆家日常琐事的流水账式的描摹，但在早期的传统批评家的眼里，这本貌似无关紧

---

① 当然，在实际的批评中，结构和纹理很难作泾渭分明的区分，因为组成叙事文学的成分（如句子、主题、事故、人物、情节等各种大大小小的单元）之间的关系就如建筑物的砖头一般，我们既可以视之为支持全体的架构，也可以视之为纹理之间的层次，这得看我们是从哪一个角度来看。

要的流水账其实正是无数较小规模的精心构思的章法的总和。例如，《金瓶梅词话》的欣欣子序就称赞该书的“针线”之密：首尾“如脉络贯通，如万丝迎风而不乱”。我认为，《金瓶梅》章法的细针密线之处大致有如下三个方面：一曰回目内在的结构设计；二曰象征性的细节运用；三曰形象迭用手法。

谈到章回的内在结构设计，首先引起我们注意的是，奇书文体的每一回明显地分成两个对称的半边，这一章法，与小说的对联式回目相互对映。回目的对联式章法有时仅限于外表形式，但有时则与章回的内部构思密切对应。最明显的例子是《金瓶梅》第二十七回，上联曰“李瓶儿私语翡翠轩”，下联曰“潘金莲醉闹葡萄架”，一个是温柔热烈的情爱场面，另一个是毫无温情的粗野性虐待场面。通过把内容分成对峙的两截，这种并列又很醒目的结构上的互补。“意象结构”的章法，是一种更重要的章回内部设计方法。它把该回内的种种含义意象结合成为一个富有诗意的整体。如《金瓶梅》第十五回“佳人笑赏玩灯楼，狎客帮嫖丽春院”，即是一好例。它刻意设计了上半片一群雍容华贵的妇女与下半片一批粗俗欠雅的妓院贱男女，相互对比。张竹坡一针见血地指出了这是该回结构上的最重要的秘法。通过对比，两种不同女性的相似之点，胜过了不同之处，从而泯灭了她们在社会地位上的界限。与此同时，该回中一系列元宵节的意象与联想交融在一起，形成一幅瑰丽的画面。该回把这一节日的全部温幻与虚乐都一语道破，分别寄寓在上下两片之中。《金瓶梅》里这样的例子不胜枚举，实际上几乎小说的每一回都经得起这样精细的研读。如第六十九回，以西门庆调戏林太太作上目，徇私情帮助王三官作下目，即是另一好例。张竹坡在各回的回前总评中称赞小说的每一回都是一个艺术上的整体，其实就是称赞它的针线之密。

至于象征性的细节，我在上文论述节令意象在结构中的作用时已有所涉及。我认为，小说中大量描写烟火、雪霰和其他象征冷热交替的景物已经远远超出一般的景物描绘的需要。类似的手法也应用于食物、服饰、房屋、花园等环境的描写。大多数现代评论家虽然都已注意及此，不过他们认为，这种描绘仅是小说一般的写实手段而已。我认为，我们应该探讨的是，这些写实针线究竟想织入多深的潜台词？例如，在小说的开端时，对潘金莲漫不经心地嗑瓜子的描写，是色调鲜明的一笔，充满了轻佻调戏的味道。它仅仅是一种写实的手段吗？随着故事情节的逐步展开，我们会看到，这一细节所留下的轻微的色情意味逐渐发展成为潘金莲的性欲标志，从而具有更深广的象征作用。张竹坡指出，同类例子散见于小说的字里行间，例如那隐约堪窥的帘子，花园里轻浮淫荡的秋千，令人沉醉的满天烟火等等，细针密线中均有象征性的寓意。

我们要研究的最后一种“纹理”手法是所谓“形象迭用”（figural recurrence）。奇书文体的爱好者，甚至阅读中国小说的一般读者，都知道“反复”是小说章法的不二法门。一系列没完没了的偷情闹事和家庭争吵，循环不息的请酒吃饭，伴随着必不可少的弹唱、玩笑、挑逗性的谈话等等，周而复始地反复出现，有时甚至到了令人厌烦的地步。其实，它们并不是可有可无的闲笔，而是一套丰富缜密的叙事针线。我把这一章法，称为“形象迭用”，而把因它而派生的丰富多彩的细针密线称为“形象密度”。“形象迭用”让错综复杂的叙事因素，取得前后一贯照应，内涵相当丰富，除了有上述“反复”的含义之外，有时还相当于传统评点家们所谓的

“伏笔”“斗榫”和“犯”等语。[①]

我在本书的导言中曾经谈到，中国文人小说作为一种文体出现在16世纪绝非偶然。16世纪是古文和制艺的理论取得重大进展的时期，这个时期的文人特别强调呼应笔法和对偶章法的错纵肌理。我猜测，明代文人小说极可能是这股嘉靖时代以来兴起的古文结构理论潮的产物。至少，当时盛行的版上批注和评点，都自觉地把古文和制艺批评中所运用的现成概念和术语，搬用到奇书文体的品评上来，其中的关键，就涉及形象迭用的原则，以及对峙章局之内各种相同相异因素之间的互相穿插操纵。[②] 张竹坡经常提到行文的连、断问题，因为从某种意义上说，正是这些分隔开的叙述因素的穿插倒叙产生了反复迭出的节奏。毛宗岗、金圣叹和张竹坡有时称赞作者能“无痕”地从一事转入另一事，但他对连续叙述中故意的顿挫更感兴趣（即所谓“接榫”的技

① 这一章法不仅适用于某个单一的章回，而且适用于几个层次和长度的各异的文本单位，包括特定的主题、篇幅较长的情节和人物性格的塑造等等。

② 张竹坡在《金瓶梅》批评中大量师承金圣叹、毛宗岗提炼出来的现成术语，特别提醒读者注意这类连锁模式的问题。张氏进一步观察行文格局的各类特殊变形，把某些被一大片文字隔开的章目称作“遥对”（如周期重演元宵节的情景等），即是一例。

巧——一件进行中的事情被提前纳入邻接的另一个情节，不露马脚地为引出新的情景起了桥梁作用)。张竹坡举《金瓶梅》中的武松为例，作为这种接榫结构的范型。“接榫”这一术语，毛宗岗在评点《三国演义》时早已用过，其意义与通常所谓“伏线”“伏笔”相差不远。《金瓶梅》第一回，即开始于武松打虎事件，作为整个故事的伏笔，事后又在书的后半部里，有意无意中反复地提到武松，就这样使观众逐渐对他在第八十七回里的戏剧性归来有了思想准备。

《金瓶梅》之所以出现这种行文重复的现象，绝非由于作者想象力的贫乏，而是另有深意的构思。这种构思试图通过互相映照的手法烘托出种种隐含的意蕴，最后点明深刻的反讽层面。《金瓶梅》中主题层次形象迭用的例子，可以举出猫、狗意象和脚、鞋意象在书中的反复迭用；在情节层次上，西门庆府中“失物复得”的迭用和托庇求情的迭用则最为重要；[①] 而在人物层次的形象迭用方面，《金瓶梅》最引人注目的特点是，它的

---

① 这种情节的迭用实际上取决于奇书文体的十回总体结构的布局。中国文人小说的结构一分为三：一个提出问题的前奏，一个展开写实境界的轴心和一个主角死后的延伸结尾。这种布局几乎保证了段落间一定会有大量重复的局面。

登场人物中明显有重复累赘的地方。作者创造了一系列相似的淫妇形象，如潘金莲、宋惠莲、王六儿等等，看来似乎有脸谱化的倾向，其实正是形象迭用的结构特色。作者的高明之处，在于他能从这些恶人的共相中写出同中有异的微妙区别。

《西游记》的形象迭用主要表现在人物和地方的迭用上。个别人物的迭用如天兵天将中的李天王、哪吒父子（见第四、五十一、六十一、八十三回），妖魔鬼怪中的迭用如青狮（见第三十九、七十四回）等等；至于神佛中的观音菩萨，重复出现的次数更是不计其数。类型人物的迭用，则有取经路上的各方山神土地，几乎孙悟空一有疑难，他们就一定会出场应卯。至于地方的迭用则更为明显，九九八十一难都时而在大同小异的某某山、某某洞或者某某河里发生。

《水浒传》的形象迭用也很有趣。金圣叹始终注意小说中具体母题或细节的反复出现，特意指出武松打虎中的哨棒和潘金莲私通西门庆中具有象征意味的帘子，并名之为“草蛇灰线”法。同时，金圣叹也注意到更复杂的叙述单位，诸如排场、事件和整个场面的重复样式。他善于精确鉴定某些重现形象里的细微异同，即所谓“正犯法”和“略犯法”。前者指几次打虎事件和潘金莲、阎婆惜、潘巧云等人同出一辙的通奸事件；后者强调若干形象相连但却存在细微差别的场景，如林冲买宝刀和杨志卖宝刀，鲁智深拳打镇关西和武松醉打蒋门神，等等。

《三国演义》的形象迭用也极有特色。首先，我们注意到“计”的迭用，形形色色的诈降计、美人计、反间计、苦肉计，数量之多简直到了丧失任何骗人作用的地步。其次，我们发现若干有趣的场面迭用，例如每逢宫廷议政时，总是有“一人挺身”，从而引起一场戏剧性的唇枪舌剑。再次，我们还看出存在着情节陈套的迭用，如临敌城必“智取”，而遇俘虏常“义释”，等等。

《红楼梦》的形象迭用也处处显而易见。论人物的形象迭用，则有所谓“影”的写法，如晴雯、小红为黛玉之影，袭人为宝钗之影等等，不一而足；论器物的迭用，则有通灵宝玉的得与失，史湘云的金麒麟，乃至汗巾、香囊等等。

金圣叹在《第五才子书读法》中列举了十五条“文法”，认为《水浒传》之所以优于《史记》《战国策》等史书，正是因为这些卓越的“文法”。我对奇书文体结构的细读得力于金圣叹的《水浒传》评点颇多，尤其是他的《读法》。金批《水浒传》所用的批评术语和概念并非金氏首创，绝大多数术语借用自诗话、画论和古文评点，并且早已广为较早的小说评点家所采用，例如托名的李卓吾、钟惺，甚至于编撰、校勘家余象斗、袁无涯等人。有人甚至断定金批的一大部分是直接借用“李卓吾”一百二十回评注本，但是谁也无法否认，金圣叹把对于小说文体的严肃批评提高到了一个空前透彻的高度，为后来者毛宗岗和张竹坡树立了堪足追随的楷模，也为清代的小说评点家们定下了一个标准。这些所谓的“文法”有些是指人物描写或笔墨照应方面的写法，但有些却是明显关乎结构方面的特点，例如：夹叙法、弄引法、獭尾法、正犯法、略犯法、极不省法、极省法、横云断山法等等。其实，这些文法仍有相互重复之处，可以进一步归纳为更精练的几个文学批评概念。这些概念围绕着设计故事时各种惯用结构单位的反复重叠，虽然有时会给人以“小说随便拼凑了若干早先存在的故事素材”的印象，但经过反复细读，读者就会发现这乃是一种高明的技巧，也就是我们所谓的形象迭用。我认为，金圣叹的主要贡献恰恰在于他对构成小说精细文理的具体叙述技巧，做出了深入而精辟的分析。

八 结 语

上文我们逐一讨论了奇书文体结构的各项特色，现在我们要问，中国叙事文学的基本结构模型到底是什么呢？我认为，它不外乎是中国传统思想中的阴阳五行的基本模型——从《易经》到理学各种思潮的理论基础——的一个变相。我在近二十年前提出的“二元补衬”（complementary bipolarity）和“多项周旋”（multiple periodicity）的观念，讨论的就是“绵延交替”和“反复循环”的情节所反映的阴阳五行概念是如何最终构成了中国小说的生长变化的模型。“二元补衬”指的是中国文化里“盈虚”“涨退”等概念的对立。“多项周旋”指的是各种源自于四时循环顺序的现象，如何能推演成五、十二、六十四等多项平方数目的演化模式。沿用这种传统，我们可以揭示长篇小说的结构背后所潜在的理论层次。

当我们开始探讨所谓“二元补衬”的理论含义时，首先应了解其中最重要的一个概念——即万物在两极之间不断地交替循环。这种交相循环的模型可以用以形容“冷热”、“明暗”，甚至于“生死”交替的形象，亦即列维·斯特劳斯（Levi-Strauss）所谓的binary opposition现象。[①] 但是，中国叙事文学里所描写的离合、悲喜、盛衰等经验模型，比上述理论还要更为繁复，不容易捉摸。当这种“二元补衬”的现象被明清的文人小说家拿来描写各种故事时，读者往往一方面被“消极”的一端——即人间的“离”“悲”“衰”等现象——所吸引，另一方面又适时地感受到“合”“喜”“盛”等对立的“积极”要素。

这种不舍昼夜的二元补衬又产生了另一套概念系统——即“X中Y”的互相包含和交融。传统的批评家常用“忙中闲”“静中动”来讨论小说里的动静相间的结构形式。这个观念有助于我们了解奇书文体中所呈现的“寓动于静”的现象。许多“静中动”的情节（如酒后闲谈、无端取乐等），若从小说全篇的布局而观，似乎是缺点（因从西方文学的立场来看，它们与主要情节无关），但在明清读者的心目中，这种“无事之事”（non-event）却代表着小说传统的最高境界。就像中国

---

① 见斯氏著有关著作。

哲学里常将“阴阳”“五行”互为表里，“二元补衬”的观念自然包含着“多项周旋”的意义。交替的变动必然拥有循环的形式。在描述时季，甚至于朝代的更替时，都少不了“循环”二字。[①] 所以，中国思想上所谓的“循环”的观念，着重在表现不断周旋交替中的意义，而与西方小说的追求直线行的发展迥然不同。中国的“多项周旋”的模式绝不类似西方逻辑里所谓的“三段演绎”的思想方法，也不能形成像辩证法所谓的最后超越“循环”的总结（synthesis）。中国叙事文学的结构是以呈现某种复向重叠的动静交替为原则，也因此消灭了直线发展、艺术统一的印象。

由于这种无限重叠的模型似乎缺乏某种可辨识的方向，所以像《水浒传》《红楼梦》等巨著的叙事发展方向都显得颇难捉摸。小说家在描写人世动态的变迁时，似乎并不重视“起”“中”“结”各点，所以才有了所谓“缀段”的讥评。然而，如果我们将眼光放大些，仔细研讨中国的整个叙事文学传统，就会发现虽然中国的小说艺术不重视叙事结构的统一连贯性，但其中最优秀

① “五行”“八卦”等类图表的真义并不在于其数目的实际次第，而隐藏于这种观念所影射的种种“关系”形态之中。

的作品，仍然用“结构”加“纹理”的方法营造出独特的艺术成就。既然说中国叙事文学的连贯性来自于“结构”与“纹理”并重的模式，就令人联想到一个更深刻的问题：即处于不同文化之下的人，对“事”的观念的了解自然有所不同。中国叙事文学和中国哲学一样，是用“绵延交替”及“反复循环”（即我所用的“ceaseless alternation”和“cyclical recurrence”）的概念来观察宇宙的存在，来界定“事”的含义的。中国传统小说批评过于侧重由大小片段的交织而形成的“纹理”，而比较忽略“首、身、尾”的连贯。但是，用“缀段”二字来形容中国小说的构造原则的确相当不妥当，因为在讨论中国小说时，我们不应再以西方所谓的“艺术统一性”为准绳。中国最伟大的叙事文作者并不曾企图以整体的架构来创造“统一连贯性”，它们是以“反复循环”的模子来表现人间经验的细致的关系的。

第四章
中国奇书修辞形态研究

一 修辞形态研究的重要性

本章我们将试图从美学的角度，主要从语言入手，研究奇书文体的各种修辞形态。

“修辞”（rhetoric），中文有时称“修辞法”，一般理解为语言学意义上的修辞，即与语法相对应的修辞。但在西方诸语言中，包括在英语中，“rhetoric”更含有美学上的创造意义，是叙事的核心功能之一。韦恩·布斯（Wayne C. Booth）的《小说修辞学》（*The Rhetoric of Fiction*）、《反讽修辞学》（*The Rhetoric of Irony*）等书，正是从叙事的美学意义上来探讨修辞问题的。中国奇书文体的修辞研究，虽然有人零星做过，但就理论层次而言，至今还是一个空白。本章不揣鄙陋，试图运用西方现代的修辞学概念，对奇书文体修辞中若干有争议的问题，略陈管见。

二 虚拟的“说书情境”与奇书文体的修辞特色

中国古典小说具有一个有趣的修辞形态——即韩南教授（Patrick Hanan）所提出的“虚拟的说书情境”（simulated context）——是宋元以后的各种白话小说文类几乎毫无例外地都模仿说书人的口吻。怎样理解明清小说作者运用口头说书文艺的修辞惯例问题，是我们的一个重要研究对象。许多研究明清小说的现代学者，往往认为通俗小说的这种修辞手法是从街头说书中随手抄来，是不登大雅之堂的俗套，不值得深入去研究。另一些学者，则认为这是因为作者的确希望再现书场里说书人和听众面对面的场景，有意模仿民间的通俗文艺。此说长期以来在学术界占据主导地位。在我看来，白话小说源出民间文艺说，就修辞方法而言，也是极难成立的。我个人的猜想是，与其说此举是为了让读者确信小说的来源是变文和话本，倒不如说是为了营造一种艺术的幻觉，使人感到听众正在注视舞台上故事的发展，从而把读者的注意力从栩栩如生的逼真细节模仿上引开，而进入对人生意义的更为广阔的思考。

我曾经在导言里说，读者只要仔细研究奇书文体的刊刻始末、版式插图、首尾贯通的结构、变化万端的叙述口吻等等，就会知道那是与市井说书传统相去不可以道里计的深奥文艺。这里我要再次强调，虽说明代四大奇书的素材各自出于民间传统的说书资料，但其写定成书的历程却远远脱离了那些故事的来源，已经化身成为一种新的文学体裁。即使仅就修辞惯例而言，奇书文体与它们的原始通俗素材之间，也不是一种直接的承袭关系，而是经过文人小说家之手，运用一套高妙的手法，对现成材料经过了一番有意识地改造。因此，奇书文体中对各种通俗叙事文体的惯例修辞手法的仿用，应该视为是文人小说家构思的有机组成部分。我们不妨借用所谓“拟话本”之“拟”字的用法，称这种现象为“拟体通俗小说”，借以强调这全套修辞技巧都是故意用来创出一系列特殊的美学效果的。

在本章里，我将要对明清古典小说在正文中引录诗词和小曲的现象进行分析，揭示它们的特殊修辞作用。

首先，我们要研究古典小说搬用说书人常用的套语问题，如“且听下回分解”和“话分两头”等等。这些套语并不仅仅是可有可无的点缀品，而是在小说的故事分段和整体造型方面起着重要作用的艺术手段。这类套语中最触目的大概要算是常常用作旁白插话的“看官听说”了。它在小说的描写中占用的篇幅颇大，使人感到它在长篇的叙述中除了起到节奏的顿挫作用之外，必然另有妙用，诸如提供背景资料、预告情节的结局等等的用途。它使说书人与听众之间的对白，变成一套说书虚架的游戏，偶尔还展开到了戏剧化的地步。这种假想的听众和说书人的介入，类似我们上文提到的“太史公曰”的史文手法，形成事件的模仿和叙述者的评论双线发展的特殊修辞效果。

其次，我们也注意到，在明清各大奇书中，说书套语运用的程度各有出入。《水浒传》较接近于说书传统，因而保留这类套语的原貌也比较多。《三国演义》以文言为主要叙述媒介，这类套语相对大大减少，只保留最典型的“且听下回分解”之类的回末结束套语。《西游记》一书虽然与唐僧取经的口传故事传统有密切的联系[1]，但百回本小说还是以博学文人的口吻为主调，特别是在夹插诗文之处，虽然经常有民间歌谣的味道，作者仍不时用来表现哲理深奥的寓意。《金瓶梅》在表面上充分保存了从《水浒传》借用的说书修辞手法——特别明显的是书中多“看官听说”的插语——但我们必须正视一个事实，即《金瓶梅》除了敷演《水浒传》的一段故事情节以外，文学史家始终找不到任何既存的先行说书传统可以与之相联。到了清初时，所谓的“通俗小说”的作家们对这类口头说书的套语，更是随意取舍——特别像李渔和《醒世姻缘传》的作者——而且把它发挥得异常巧妙。至于《红楼梦》，大多数原先定型的通俗小说套语几乎全被淘汰了，只留“看官听说”的插语偶然在开卷等处出现。[2] 余者都代之以一位潦倒文人的忏悔口吻。

综上所述，这样另有用心地运用一套特定修辞手段的最后效果，就是能随时提醒读者不要忘记，在读者和故事之间的始终存在着一个讲故事的人。小说的这里和那里，到处都有叙述人的插手造作，终于使我们感到在

---

① 如《大唐三藏取经诗话》。

② 还有“却说”“且说”等语散见于文中。

书中叙述的事件的表里二层之间，存在着某种距离感。这样，我们就接触到了文人小说修辞问题的关键要点，即通过一套特定的修辞手段，它始终赋予书中描画的人物和事件以一种突出的反讽（irony）角度。这里，我是从最广义的意思来运用“反讽”这一术语的，意指心、口、是、非之间各种可能存在的差异现象，以及形形色色的文学性引喻、典故、对话和情景方面的每一点脱节。中国明清长篇章回小说的作者一方面模仿说书人的口吻，讲述一个引人入胜的故事以吸引观众，另一方面又谨守文人作“文”的文化规范，二者形成鲜明的对照，后者也对前者构成一种“反讽”。

本章以下各节，将以各部奇书为例，详细分析奇书文体的修辞特色。这里所谓的“修辞”，广义地说，指的是作者如何运用一整套技巧，来调整和限定他与读者、与小说内容之间的三角关系。狭义地说，则是特指艺术语言的节制性的运用。现代文学批评家们一般认为，一个故事用什么样的语言，如何被叙述出来，往往比故事本身的内容更为重要。

三　人名双关语和文字游戏

奇书文体中的双关语和文字游戏，乍一看来，不一定有正经的含义，可能只是开开玩笑的文人笔戏，但如果作深入的研究，就会发现，在这种游戏笔墨中，往往含有引申的比喻和复杂的文意，也就是说，含有种种暗示性的反讽用法。在解读奇书文体的时候，我们要注意研究这种特殊的手法，从而看透表面文笔的“笔障”，寻找出深藏不露的内在修辞模式。

《金瓶梅》作为16世纪成熟的文人小说的典范，叙事行文时十分娴于精致的修辞手法。在命名书中的人物时，作者尤其喜欢卖弄双关语的手法。张竹坡曾经花过不少心力对所有中心人物的姓名都做过译解。例如，他注释西门庆名字中的“庆”是“罄”的同音异义词。[1]在张氏把许多女主人公的姓名用植物和花卉的意象串联一起时，提出富于想象力的诠释。他从推敲小说书名开始，认为金、瓶、梅三个字或许不应仅仅看成是三位女

---

①　这样的说法，虽然符合这一人物的本质，似乎言之成理，但他忽略了它原是沿用《水浒传》现成名字这一事实。

主角的简称，而应理解为是“金瓶里的梅花”的一句全词。这样的解释初听起来似乎有点牵强附会，但根据李瓶儿的性格，我们能看出，将她的名字与花瓶的意象连在一起，确实有着某种重要含义。当这一“花瓶”的联想，把瓶儿和吴银儿连接起来时，就又增添了一层新的意义。这样一来，这双金瓶就变成小说中多处显露的银瓶意象了。一个同样含有诗意的文字游戏可在月娘和桂姐这一组关系中见到。因为“桂”向来是与月的意象连在一起的。总的来说，我同意张竹坡的诠释方法，虽然书中主要人物的名字，是从《水浒传》中得来，但作者却又凭空捏造出一个李瓶儿，一个王六儿，一个陈经济等等，不像是泛泛之笔。这些人物的名字都暗指其本性。例如，瓶儿的“瓶”字，似乎是表示她那“敢怒不敢言”饮吞感情的克己性格，王六儿排行“六”好像与她多阴的淫妇本性也不无关系，而西门庆家那灭门破户的女婿的名字叫“经济”，不能不带有挖苦的味道。即使在袭用《水浒传》故事中现成的人物名字时，《金瓶梅》的作者也有意在其中注入一些阴阳五行之类的联想。试以潘金莲为例，她名字中的“金”字，象虎，主秋杀，与其“猛于虎”的个性相称，也与她豢养“雪狮子”害官哥的情节，互相映照。至于书中次要的角色，姓名的双关含义更是一目了然。例如，西门庆的酒友中，吴典恩（“无点恩”）和常时节（“常时借”）的姓名是基于惯用的双关语意，塾师瘟必古（“温屁股”）则明白无误地隐指他有鸡奸的癖好。

在《金瓶梅寓义说》中，张竹坡显然喜欢援引园艺花卉的比喻。他不仅点出林太太和贲四嫂（她原姓“叶”）名字的象征之意，而且在缺乏正文依据的情况下，硬说瓶儿就是芙蓉花。张竹坡这样牵强的臆度，有不少说法显然是望文生义的无稽之谈。但是，一旦从花的老一套传统意象联想到好景不长、盛世虚度等义，就觉得他的直觉，其实也并不是全无根据的。确实，这些联想在小说引录的诗词中曾多处醒目地出现过。更主要的是，这种植物和花卉的意象，在西门庆小天地中心乐园的配置中，可以得出有较多层次的意义。

《西游记》的文本中漫布各种笑料和双关隐语。故事中不少人物和地方的名字就明显地表现了这一点。如同在《金瓶梅》中那样，《西游记》虽然也因受到唐僧取经的史实限制，不能完全兴之所之地运用双关语为人物取名，但作者仍然设法在各种佛名、妖名和星宿名上留有语带双关的笔墨，从而展示出他的反讽文才和深沉锋芒。其中既有对矫情的机智讽刺，如“玉面公主”这一诨名；也有不乏影射色欲的例子，如第八十三回中的“半截观音”等等。传统的评注家们花费了不少巧智来解释这类名字的寓意。使我们从即兴的玩笑和戏谑中看到严正的寓意框架。例如，《西游记》作者显然喜欢编造巧妙的文字游戏，以促使读者去考虑那原文与本义有出入之处。如在开头第一回里，他异想天开地在“孙悟空”这个名字上开一个小小的玩笑，用古老的“拆字”法把“孙”（孫）剖成是“子系”。当他进一步把这两个字与道家术语“婴儿”联系起来时，这一玩笑就转向更为深长的意义了。接着他再发挥这含义，如孙悟空声称自己没有姓，这与双关语“无性”的谐音，突出了美猴王天地生成的观念。后来，这一玩笑在第三十四和第三十五回遇金角大王、银角大王时又重新提出来，把真的孙行者与假的“者行孙”和“行者孙”混淆起来，使孙悟空的身份完全摊了底。那种始而双关取笑，继则使之增添多层意义的倾向，也在“心猿意马”的隐喻上表露出来，它在开始时只是一个惯用的玩笑而已，但最后却被纳入某种更为广泛的寓言构架。书内最令人摸不着头脑的文字游戏例子之一，当推第四十回“婴儿戏化禅心乱”里一行费解的韵文。其文为：“当倒洞当当倒洞，洞当当倒洞当山。”我虽然不敢说已经完全弄懂了这行文字的意义（事实上，它可能是一种毫无意义可言的韵句而已），却很怀疑这玩笑所谈论的“当倒”二字，其实与实体和空虚这一对互补的概念有关——那互相嵌入的高山和洞穴景象分别象征着“虚”与“实”。至少，这类的谐音的双关语迫使读者透过故事有趣的表面去思索，语中到底有无深入的隐义。

在《水浒传》中，双关语的修辞也占有一席重要的地位。遵循中国叙事文学的惯例，《水浒传》里各个关键人物的绰号、星辰名等称呼特别多。例如，一系列《水浒》英雄的姓名前常有“小”或“病”的标签，那是说他们酷肖先前的某某英雄而不及格，因而似乎挖苦讥笑他们差之远矣的微贱处境。绝大多数这类绰号，自然是作者从原始素材承袭过来的。但也有些是作者有意地改造。例如“一丈青”在早先故事素材里原是一位男子好汉，而小说却把这绰号移用到女杰扈三娘身上面。小说给主要谋士吴用起的姓名特别显眼。据我所知，带有双关意思的“吴用”这个姓名（“吴用”可读作“无用”）不见于早先的故事，此人物在那里叫作吴加亮或吴学究（这两个名字也可以说不无反讽解释的可能性），大约是在嘉靖年间才变成吴用的。

《三国演义》因是历史小说，因而较少有随意运用双关语修辞的自由。但也不是绝对不用双关语，只是机会较少而已，如第七十二回，杨修猜“鸡肋”的著名段落，就是建筑在双关语的译解之上的。至于《红楼梦》，我们则可以明显地看出，它在这方面是师法于明代四大奇书的。宝玉、黛玉、宝钗的名字透露了“木石盟”与“金玉缘”之争，是最明显的例子。林、薛二姓之谜，早在第五回的“玉带林中挂，金簪雪里埋”一联中就已点明，而甄贾的双关用法更是在小说开宗明义的第一页就已挑破。稍微费解一点的是秦可卿一名，但是旧版本的大多数评点家都把秦姓释为“情”字，与脂砚斋标出的“情榜”有所共鸣。这类双关语的意义十分深长。我怀疑，秦可卿之弟秦钟的名字，也是出自于《金瓶梅》开篇的“情之所钟”一句名言。

综上所述，在奇书文体中，双关语——特别是双关语命名法——的运用，是一种不可忽视的重要修辞手段。

四　诗、词、曲、歌的引录和插叙

我认为，奇书文体的另一个修辞特征是把诗词韵文插入于故事正文叙述中的写法。明代四大奇书博采说书人修辞手法的事实，非但不能成为它们等同于通俗说唱文学的根据，反而证明了它们都是文人小说的代表作。

《金瓶梅》的作者在借用和改造通俗文学素材方面的最重要成就，如近代好几位学者所指出的，首推他对流行小曲和当时剧目中的戏文所做的独创性引录。虽然晚明时期新兴的小说文体与文人戏剧之间存在着共生的关系，《金瓶梅》中大量引用这一类文艺的情况毕竟有些独特。它引录戏曲歌调，把它们放进正文里的做法，常常提醒我们，文中大有隐义在。《金瓶梅》中的大部分歌唱弹奏的场景，自然可能是当时富室巨贾的厅堂里、都市的舞台歌榭中、官场的宴会上，正式的庆典内的特殊生活场面的真实写照，但是我们还是会发现，这种舞台场景的数量实在太大了，并且在风格上略带希腊悲剧中有谴责色彩的合唱韵味。如第七十九回西门庆和吴月娘合唱的悲歌二重曲（西门庆本人自己唱歌这显然是书中唯一的一次）或第五十二回屡被应伯爵（用双行小号字体，即通常用来排印比较严肃的评注那种方式印成的）油嘴滑舌插话所打断的那一组套曲，都可以作为说明这种情况的例子。作者运用俗曲来修辞的本领，实在是非同凡响。

这些歌曲如何被用来进行讽喻呢？有时候，在一定的场合选演某个特别的剧目，就是一种具有反讽意味的手法。我们应该注意到小说中演唱《杀狗记》和《留鞋记》的问题。狗和鞋子的意象在《金瓶梅》里有着一种富于反讽的联想。当16世纪的读者读到第八十回中出现《杀狗记》的戏文时，他不会不想起原剧中忘恩负义的兄弟这一主题，因为那恰好是西门庆的“哥儿们”，在无情夺取他遗下的钱财之时。同样，在第三十二回官哥满月次日的喜庆酒席上，点唱了《韩湘子升仙记》杂剧。那弃绝尘世的情调，当然也会带来一股令人不安的感觉。作者唯恐读者把这一点忽略了，特地（在前一回的末尾）借一些参加西门庆生子加官宴的客人之口，对席间点唱的若干支不合时宜的词曲，提出了反意批评。后来，第五十八回在官哥惨死前夕、西门庆的生日筵席上又重唱了《韩湘子度陈半街升仙会》中的歌词。

从散见于正文各处的一首首小曲中，我们可以清楚地看到，作者选用的曲牌往往是针对当时所叙述的情景，有感而发，极尽讽刺挖苦之能事。众所周知，曲牌通常与歌曲的内容无关，“点绛唇”曲牌的内容不一定要点女子的红唇，“永遇乐”曲牌的唱词不一定都是喜乐之词。正因为如此，《金瓶梅》中的这种引录的效果，就反而格外触目。我相信，这种一反常规的引录法，正是《金瓶梅》中使用的又一技法。第二十回里，在为欢迎瓶儿进入妻妾圈子而开的会亲宴席上点唱“调笑令”，就是一个例子。表面的和睦亲热气氛，只是暂时掩盖了刚刚震惊全家的瓶儿自杀未遂事件，紧锣密鼓的家庭内部钩心斗角随之而来，紧接着就出现了西门庆被李桂姐姿色迷住，乐不思蜀，将众妻妾丢诸脑后，由不成器的监护者陈经济掌管花园的钥匙。更有意思的是，恰恰正是潘金莲出来反对在此时此刻选择唱这个曲牌。第四十一回里似乎也有着相同的含蓄事例，在庆贺官哥订婚的宴会上竟弹唱“斗鹌鹑”一曲，大杀当时的幸福气氛的风景（这也许是意在对该回目中“斗气”两字暗伏的一个小小玩笑）。

这一类情形中最中肯的一例，也许要数“山坡羊”

曲牌的运用了。作者偏爱这一曲牌的原因可以归之于它恰好流行于小说成书的那些年份。但是这一曲牌演唱的频率之繁，不免使人感到它似乎是整部作品的主题歌，常讽刺挖苦西门庆庭院里的妇女中那几只迷路的小绵羊。对照瓶儿的情况，尤其觉得这样说法不无道理，她的生肖属羊，我们不难把她视为一只清白无辜的小绵羊。但这仅仅是在感情上唤起我们的同情而已，作者还是设法让我们永远忘不了这只小羔羊犯有通奸和比这更严重的罪行的事实。

当然，我们也不难在某些词曲中找到能正面表达歌唱者内心感情的例子。例如，第八回中潘金莲感到被遗弃冷落时，小说作者的那支“有山坡羊为证”，也许可被看作是她真诚眷恋西门庆的感情流溢。同样，西门庆痛哭瓶儿之死常常被认为是他对瓶儿有深厚感情的凭证。当歌唱的人和听众都不明白，他们嘴里有口无心地哼的是什么意思时，这种介入的歌曲就往往走向与词意相反的方面去。一个良好的例子见于第三十八回，潘金莲在雪夜里和着琵琶哼一首歌曲。[①] 骤听之下，歌儿唱

① 潘金莲所唱的是《二犯江儿水》的数首小令。

的似乎很真挚，甚至可以说是非常哀怨动人，表达了她的失宠孤独之情。但当情节进一步发展，她越唱越响亮，而且不耐烦地不断哼着“误了我青春年少……你撇的人，有上稍来没下稍”的叠句，那时这歌儿就像是走了味，变得一切感情内容也都流了空，唱着唱着，倒有点像在上演一幕闹剧。直到西门庆和瓶儿稍后看到这个荒谬可笑的场景，潘金莲才改了调。类似的例子又见于第三十三回，正当陈经济与潘金莲打得火热，开始越出调情笑谑的界限时，陈经济唱了两支“山坡羊”小调，歌词里满含着暗示，预告着不可避免的结局，他们的乱伦最后必将毁灭自己轻率无心经营起来的乐园。几乎每一回在各种场合出现的咏景词里，都贯穿着关于虚幻的热情必然冷却这样一种暗示。这些流行小曲与各国情歌一样，一般都留情于孤独、生离死别和悲愁。这种性质的感伤的常常出现于这些歌曲原不足为奇。但当故事的车轮既已滚向下坡，这里的暗示就变得引人注目，与书中的一长串惯用的画面，如熄灭的烛花、雪夜的月光等等映衬，透示一股凄凉和空虚的滋味，使读者透过当前欢乐的热烈场面，窥到末日的茫然和冷落就将来临。这类例子很多，不胜枚举。[①]

《西游记》的插叙也颇有特色。它比其他三部明代奇书较少变化，这也许只说明作者的艺术手腕高明，而不是他缺乏驾驭作品的能力。其实，在这一点上，《西游记》也完全符合奇书文体的文学修辞标准。[②]《西游记》的作者引录歌词、戏曲唱段和诗词韵文的独创性，表现出了他高度的创造力，其中一个重要的方法，是在每一章回的开场和结尾都用精彩的韵文，在叙事本文中则夹用诗词，用来点明故事的寓意。《西游记》的诗格杰出，善于改编各种现存的诗词体裁，使之产生一种与西天取经的壮举相符的拟史诗（mock-epic）格调（余国藩对此有专门的论述）。

在谈《水浒传》的修辞手法时，我们不能忽略繁本对故事素材的反讽。大多数明末刊本中都有醒目的夹插诗词的运用，虽然因为后来各通行本的删节，我们对作

---

① 柯丽德（Katherine Carlitz）已把大部分的例子收入她的《金瓶梅修辞》（*The Rhetoric of Chin P'ing Mei*）一书中，此处便不再多谈了。见 Katherine Carlitz, *The Rhetoric of Chin P'ing Mei*, Indiana UP, 1986。

② 例如，《西游记》中采用说书者的口头禅，回末一律用公式化的结束语“且听下回分解”。有趣的是《西游记》没有利用在《金瓶梅》中极为关键的“看官听说”式的作者插评手法。

品这一部分的体会已经大大削减，然而从明、清评论家们的批语，可以看出他们对这些诗词的赏识，并反映了一种我们难以想象的宽容态度。小说错综复杂的修辞手法中的另一值得注意的方面是，《水浒传》对扩张和充实白话文学语言，使之成为散文小说的媒介，做出了重大的贡献。

要把《三国演义》与明代其他三部奇书在修辞层面上直接挂钩，会遇到一些困难，原因是它的基本叙述媒介和其他三部著作略有差异。《三国演义》基本上是用简易的文言写成的，偶尔也杂用些白话，所以“文不甚深，言不甚俗”。[①] 明代的藏书家高儒所描述的“非史氏苍古之文，去瞽传诙谐之气”，也是形容同一的语言现象。[②] 我们应该注意，《三国演义》中杂用某些说书人的口语词汇，包括定型的回末套语“要知性命如何，且听下回分解”和回首的“且说”。毛宗岗把这些回末和回首的套语加以一统化，并添入“话分两头”或“话休烦絮”等结构标号，使原文与后来的小说体裁琢磨得

① 见蒋大器《三国志通俗演义序》，载朱一玄、刘毓忱编《三国演义资料汇编》，百花文艺出版社，1983 年版，270 页。

② 见《三国演义资料汇编》，227 页。

更为一致。我们至少在这个特殊现象中又有一例可以证明，常被视为是与通俗说唱有关之痕迹的白话口头禅只是逐步和有意识地被编入新兴的奇书文体之中。

有趣的是，小说中有白话语气的痕迹之处一般都见于“直白叙事”的段落而不是在直接引语中，后者则大多是用浅近的文言写成。毛宗岗在重编小说时把嘉靖刊本的四百多首诗词删掉一半，而这个数目也有一半是原封不动地移用过来的。他嫌所谓“俗本”中滥用的咏史诗之“俚鄙可笑”，而使自己的本子中的诗规范于唐宋名家之作。他在选诗时特别突出杜甫的作品，把它们插入关键之处。并且，他还乘编辑之便，在本文的两个地方冒昧编入了自己对这些诗词的评释。这种对唐宋诗词的重视，如前所述，可能反映了嘉靖以降品诗风味的变化，但它同时表明，毛宗岗自己在处理小说这方面修辞结构时，也想保持一种壮观权威感。在考虑小说中插入诗词一事的修辞效果时，人们必须同时承认，这些诗词所表达的观点偏向于对小说主人公的流行看法，一般都是戏曲或说书中一些熟知的形象。这在小说中最先出现的一首诗中就已经很清楚了，它赞扬的是张飞和关公，稍后才有诗赞刘备。至于曹操，虽然他也在第一回出场，却全不添上诗词的光彩。[1] 这些都符合三国英雄的通俗形象的塑造。这种诗词既很少反映正史传统的批评态度，也不突出小说内部之形象影身所烘托的反讽意味。

《三国演义》一方面大量引用诗词，另一方面又全文引录各种其他类型的书面文件，主要包括表奏、诏书、书函和诔词。《三国演义》引录这些材料的做法并不孤立，但其引录之频繁和篇幅之大，则再次显示出它与一般白话小说，特别是其余三部明代奇书有分歧之处。这些材料既有中断和延缓叙述进展的结构功能，又提供了一种历史真实感的虚架。我们在目前讨论范围内，可以看到这些长篇累牍的引录，足以为小说中的事件，提供一种较为平衡的视角，因为它们在不少问题上完全代表了互相抵触的观点。在《金瓶梅》和《西游记》里，我们已看到一些对原属通俗曲艺的诗词的创造性的借用，《水浒传》全本中穿插的诗词。至于《三国演义》的情况，有人认为，书中一部分所引诗文的原文，出自附于唐代诗人胡曾的咏史诗中的各条散文体的评注。这一因素的重要性虽然被估计得过高了，但历史

① 见《三国演义》，人民文学出版社，1973 年版，第 6—7 页。

题材的通俗韵文与“演义”体小说的演化之间有联系则是显而易见的，尤其是鉴于胡曾等诗人的不少诗词被编入嘉靖本一事，《三国演义》在发展历史上与咏史诗以及弹词之间，可能存在一定的关联。虽然这种措辞质朴的韵文，通常标志着它是与通俗文化有联系的产物（即使它们时而也出自文人之手），而插进署名为“史官”或学者的诗词的最后结果，除了延缓和分段等结构功能之外，其实效似乎是为了求助于古典经籍的权威。如此设法增强历史的真实感，与《水浒传》和《西游记》中明明吸取民间才智和想象力的用法，不可同日而语。[①]

《红楼梦》的作者也处处运用这一手法，最显著的例子，可说是第二十三回前后以名剧《西厢记》《牡丹亭》编为二玉情事的经纬。曹雪芹借用两部名剧的最动人的名句，与一般人迷恋于多情儿女的传奇不同，而是以他的文人眼光，去深入发掘剧中表现的情理互补的妙义。所有这类的文人戏笔，包括命名、插诗、引用戏文等，产生了双重性的修辞效果，在小说本文的字里行间介入了正反两面的意义。从旧式的小说评点家到当代的

---

① 应该指出，《三国志平话》也引录了不少体裁相仿的诗词，其中有几首也标明是“史官”手笔。

学者，不少人已经看破了奇书文体的这一美学特点。它与西方文学理论家所特别注重的“反语法”或“反讽”的观念，不谋而合。这种反讽修辞法，可以说是探讨奇书文体的文体特征的不二法门。

五　曲笔“翻案”和叙事角度的操纵

我在《明代小说四大奇书》中曾经论证，从反讽的眼光出发，奇书文体的最出色的文学成就，在于其对各自的正面题材，无论是绿林好汉的气概，或者是统一天下的伟业，还是取经救世的圣迹，均介入一层曲笔的“反面”翻案意味。这种手法，看来好像不过只是信手拈来的玩世戏笔，其实暗蕴着严肃文人的思想拖负。

什么才是“反讽”性的修辞？孙述宇把它译成“表里不一”，正确地表述了这一转义外来语的实质意义。[①]在文学评论中使用反讽这一批评概念在中国已不是什么新鲜事了。张竹坡谈到类似的文学现象时，往往联系太

① 孙述宇对如何恰到好处地翻译“irony”一词，似乎有过犹豫。他有时把它译成“反讽”，有时又用这个英文单词的翻音“艾朗尼”。见孙述宇《金瓶梅的艺术》，时报文化出版公司，1979年版，48—56页。

史公笔法，所用的术语不外乎“曲笔”“隐笔”“史笔”，用来研究种种“翻案”文字。但是，要把它发展成为一种有用的中西比较文学的批评工具，许多问题还有待于深入的探讨。

反讽的目的就是要制造前后印象之间的差异，然后再通过这类差异，大做文章。反讽的技巧之一是对叙事角度的操纵。通过这一技巧，借助于这个或那个角色的看法，给予我们初是终非的印象。这一方法的妙例，莫过于《金瓶梅》中郑爱月的出场了。我们随着西门庆心摇目荡的眼光，最初认为她真是一位名副其实的女神。后来才从其他人物的叙事角度中，发现她原来并不是那么神圣。另外一个重要的技巧是所谓“旧瓶装新酒”，奇书文体的作者巧为引用原来并不适合于新作的文艺原料。例如，从《金瓶梅》各处对《水浒传》素材的借用情况，就可见一斑。《金瓶梅》的作者不论在情节轮廓还是具体细节方面都对《水浒传》的素材作了许多刻意的改动，使《金瓶梅》成为一部全新的小说。第三种值得注意的反讽手法是，作者尽情对各种话题发表长篇的议论。仍以《金瓶梅》为例。书中对妇女的水性杨花性格，金钱的腐蚀作用，僧尼媒婆的丑恶勾当等等俗而又俗的题目，大发平淡无味的议论。它们看起来好像是对口头说书人的腔调的模仿，其实在这些琐碎的旁白中，往往有对正文中某些具体重要事件和人物的批评，探讨一些严肃的问题，例如个人的败身与帝国瓦解之间的互相关系，浮生若梦的人间经验与个人抱负成败等等。这一独特修辞手段的连用，以《金瓶梅》为最早。

最近许多学者对《金瓶梅》的多层反讽色彩开始给予重视，并且从探讨语言的修辞，扩大到了研究弥漫于作品各个层次中的广义修辞法。当魏子云谈到小说中的“讽喻”时，就猜测西门庆这一人物的塑造，可能旨在对万历王朝进行隐约的讽刺。也可以说，这是小说对历史的一种反讽性修辞。书中还有许多引申性的比喻例子，可以引导读者透过文字表面，去感知书中的深层意义。我们熟知灯芯和蜡烛自行烧毁的意象和茫茫白雪化为乌有的意象，都象征着对眼前的富贵荣华的反讽。人物生肖，也可以具有广义修辞上的反讽意味，潘金莲生肖属龙，性格像虎，与西门庆原来属龙（一说属虎）相匹配。西门庆本来是“龙”，暗示他是自己封闭的小天地里一位微型的“皇帝”。金莲虽说属龙，但她名字中的“金”字则使我联想到“秋杀”的虎象，这又与不祥之猫的意象前后呼应，而且也通过汲取传统的象征，使人意识到她与西门庆之间的强烈引力，把他们封锁在一种互相毁灭的怀抱里（暗喻龙虎之战）。在回顾《金瓶梅》中这些引申的比喻事例时，虽然我们必须承认，尽管张竹坡在《寓意说》里说得头头是道，这些人物形象所指的言外意义并未编入一个完整的寓意构思。然而，这并不排除那样的可能性，即如魏子云所提出的那样，《金瓶梅》是一部索隐式的真人真事的小说，一群有关联的人物之间存在着错综复杂的反讽照应，后来这种群像在《红楼梦》中发展成为明确的寓言结构。

《金瓶梅》里的花园，与许多欧洲文学中的乐园福地一样，是用来作为西门庆白驹过隙的一生的全盘比喻。这一点表现在西门庆一身盛衰与花园的兴废历史的同起同落上。花园的兴建（从第十六回至十九回）与头二十回里他的一束妻妾花朵先后进入家门的过程是完全配合一致的。只看李瓶儿过门之日也就是这座花园的正式落成之时，这个意思已十分明白。从此以后，我们看到西门庆在色路和宦途上不断地发迹变泰。这反映在花园里的一连串赏心悦目的行乐情景和一些有权势的朝廷官员接踵来访的欢宴场面里。在作品的后半截里，我们终于目睹花园的渐趋破败，第七十九回西门庆的退场实际上意味着花园末日的到来。这样，到潘金莲和陈经济最后几次匆匆忙忙发生越轨败行之后，花园在小说的结尾处一片荒芜，第九十六回春梅游旧家池馆时见到的正是这一令人不胜今昔之叹的破落景象。我们能够察觉出来，这个花园建筑格局的许多方面后来就成了《红楼梦》里那座巨幅的虚构花园的蓝图。这种反讽性的隐喻，也是一种广义的修辞法。

《西游记》作者的反讽笔法也见于他对各个人物的描述。在论述作者双重焦点的反讽眼光之前，我先要在这里停顿一下，承认小说中的幽默之处。如果只谈对《西游记》寓意的严正读法，而忽略它幽默的一面，那将是一大错误。胡适虽然不是第一个置清代评注家的蓄意曲解于不顾，而盛赞《西游记》的滑稽性质的学者，但他的论点却一直是最有影响的。[①] 许多20世纪的中国小说评论家都引用了他的观点。由于胡适的提倡，加上魏礼（Arthur Waley）出色的英译本《美猴王》（*Monkey*），这一观点在西方也很有声誉。虽然我个人觉得小说的严肃的一面更为有趣，但因为胡适是在20世

---

① 见胡适《西游记考证》，远流出版公司，1986年版。

纪初文学革命的思想背景下对这部作品做出评价的，不言而喻，他的看法反映了那个时代的思想环境，而且此说本身也言之成理。《西游记》毕竟是一部非常滑稽的书，但它也是一部相当认真严肃的书，它也许不是板着面孔的那种严肃，可是确实提出了一些严肃的思想观点。虽然《西游记》是一部所谓的“神魔小说”，但也可以从字里行间看到对现实的讽喻，充满了皮里阳秋的反讽意味。回到人物塑造的例子上来，有时，它是出于对人物的塑造的夸张法，如猪八戒的懒散、孙悟空的急性、沙和尚的过分阴沉。这自然是本书显得幽默的基本因素之一。但就我的看法而论，更为重要的是书中有意揭露《西游记》里那些传统正面英雄的反面柔弱倾向。在刻画玄奘的不济和胆怯，孙悟空与猪八戒之间的竞争中，这种倾向，也是显而易见的。然而正是在那些玄奘理应坚定（例如在面对性诱惑场合）却暴露了内在虚弱性的重要事例中，反讽的色彩开始变得更为挖苦。在某些场景中，孙悟空也被描写得极为脆弱，或者说他竭尽了他的神通。这类釜底抽薪的反讽手法有其特殊意义，我也将运用这同一观点来解释《三国演义》和《水浒传》中那些家喻户晓的英雄，为什么一经写入小说便矮了三分的原因。

《水浒传》的核心问题，也是反讽。反讽也把繁本《水浒传》与其原始素材，与同时代简本和同一题材的其他通俗文学作品区别开来。如上文我的推论，它使《水浒传》无愧于英语所称“novel”这一文体之名。用反讽眼光来研读《水浒传》，显然会与下面流行的印象相抵触，即认为《水浒传》基本上正面肯定了梁山好汉的作为，这种感觉对各种《水浒传》故事系统不同形式的讲述来说可能是对的，那些故事通常被看作是歌颂一种罗宾汉式的反暴政的叛逆精神，主角是一群“四海之内皆兄弟也”的江湖好汉。恐怕许多读者对小说故事的印象，在很大程度上是受通俗文化的影响，从而得出上述印象。但我确信，把这些民间意象转用到阐释繁本小说上来，会对其文学旨趣产生严重的误解。在这一点上，有一部分现代评论家们认为，《水浒传》有特别留意反映中国传统心理状态的阴暗面的趋势。[1] 由本书对反讽的定义观之，我认为，小说的主旨既没有盲目赞美梁山精神而忽视其不祥的含义，也没有不冷静地痛恨绿林好汉所代表的一切，而基本上表示一种模棱两可的态

---

① 如夏志清先生有此观点。

度。反讽叙述的反面，无非是对个别英雄人物的本性提出质疑。关于这一点反面意思，我要强调下列事实：小说在描绘阴暗的人性时，也着力刻画一批正面人物形象和理想观念，使读者对所描述的事件的本意可以有一个更均衡的理解。

在分析《三国演义》时，我们必须谨慎留心，别把史实中固有的反讽感和作为文人小说体裁的特征而有意识运用的反讽修辞法混为一谈。既然《三国演义》与编史传统有着多方面的联系，毛宗岗等早期评注家们在小说中发现，不少史书本身也常有反讽表现的例子——他们用的是“曲笔”“史笔”或更狭义的“春秋笔法”等史评的术语。我在下面对小说的详细释义中，也会讨论到小说作者以史官的“曲笔”作风，运用醒目的措辞把读者的视角巧妙地引向高尚志气和英勇业绩的单纯表面与历史判断的潜在复杂性之间所存在的差异。虽然与另外三部小说相比，《三国演义》有其历史素材的特殊性质，在使用诸如专有名词和纪年顺序等细节方面享有较少回旋的余地，但作者仍以运用各种手法穿插几个含有深远意义的引录言论的段落，来扩充其反讽视角。不过，为了讨论《三国演义》及其他奇书起见，我将再次把注意力集中于作者如何从正文中的形象映衬和情节起伏等写法中酝酿出反讽意味，主要立足于通过故事中的再现人物之间生出反讽意味的呼应效果。

凡是要在叙事文中识别反讽，必然有赖于推设作者的原意；所以，我们还应在此就作者对三国时代的中心历史人物的基本爱憎偏袒问题取得一致意见。从明清至今，大家都认为《三国演义》作者在继承汉朝正统的争端上，有扬蜀抑魏的倾向，因而采取“崇刘黜曹”态度。这一态度与我前面的看法完全一致，即认为小说一方面受惠于《三国志平话》和三国戏等民间通俗素材，另一方面又取材于各种历史名著，尤其是《三国志》和《通鉴纲目》二书。然而，为什么《三国演义》字里行间有不少隐隐批评刘备和蜀汉的反讽影射的写法呢？胡适就曾猜测，这些矛盾之处，也许只是作者的败笔，未能传神地表达自己心目中的真正意图。持这种观点的还有鲁迅、孙楷第和郑振铎，最近不少国内外学者又提出了这个见解。夏志清有力地批驳了将《三国演义》看作是一部吹捧蜀汉的不成功作品这种简单化的读法，并以罗贯中对历史进程和人类本性的深邃洞察力来给小说本文较隐晦的方面做出解释。

我想指出，这一问题看来含混不清，实际上却恰恰使《三国演义》落入文人小说体裁的格局内。一方面，当我们将《三国演义》与《三国志》《资治通鉴》，尤其是历代有关三国时代史论文章中的历史观作一比较，就会发现小说对刘备的成败变迁分明采取较为同情的描写角度。另一方面，细致的校勘显示出小说中的主人公形象，与通俗故事和戏曲中的简单化英雄脸谱，在细节处理上竟有尖锐的差异。嘉靖本在这一点上的贡献很大。嘉靖本的小说既满心同情这些家喻户晓的英雄故事，又想摆出一副正史的客观面孔，这种模棱两可的立场的最后效果就出现了作品首尾贯通的反讽影射。跟其他三部小说一样，我们在《三国演义》也看到一种通俗意象与古典文学传统特有的思想抱负两者并置的反讽现象——那既不是一味吹捧的热心，也不是吹毛求疵的冷目，反而是通过一系列正反事例去探讨历史真相的参数。

《红楼梦》的“曲笔”，也随处可见。就人物描写而言，曹雪芹之写薛宝钗，写花袭人，在很多评点家看来，都是明褒实贬的笔墨。作者写贾宝玉也是充满了反讽的笔墨，既有同情，又有遗憾，既有欣赏，又有批评。从整体构思而言，反讽的意味也十分明显。一般的市民读者对《红楼梦》的理解，流于简单化，他们或是迷恋于二玉的奇缘，或是痛骂封建社会对有情人的不平。也就是说，很多人基于本书的自传性质，而误以为贾宝玉只代表作者自身的本相，殊不知自传体的虚构作品也常常有作者内省自己往事的反讽意味。脂砚斋批评贾宝玉说，“玉原非大观者也”，就是一例。

假如说，《红楼梦》师承奇书文体，用反讽修辞法来烘托它的正面故事和人物背后的深层含义，我们就必须再进一步探讨书中“所刺”的本意究竟何在。

在本章里，我们观察了奇书文体修辞的各个方面。广义而言，从语言的运用到叙事角度的操纵，无一不是奇书文体修辞研究的课题。然而，我在这里要说，奇书文体的首要修辞原则，在于从反讽的写法中衬托出书中本意和言外的宏旨，语言的运用只是一种手段罢了。在前面各处讨论里，我试图把虚构叙事艺术中的“反讽”这一术语，界定为作者用来指明小说本意上的表里虚实之悬殊的一整套结构和修辞手法。它常常以各种人情与天理不合的形式出现：一方面有登场人物心中的幻想和期待，另一方面又有后来实现的不测局面，真是所谓

“谋事在人，成事在天”。在前面论述过的各部奇书里，这种反讽视角以种种不同的形式表现出来：《金瓶梅》里的挖苦削颓，《西游记》里的寓意影射，而《水浒传》用俗套的人物形象来针砭通俗说话的脸谱化手法。《三国演义》则以自己特有的反讽手法显示了史文的本题——《三国演义》里的贬损意味无疑大半来自政治生活中存在着一层心口不一的矛盾，从小说对刘备形象的描绘最为突出——其处理的问题与其说属于是小说的领域，还不如说是属于史文的层次更为确切。《红楼梦》集各大奇书之大成，在情节安排，花园布局，笑料运用，诗词曲谜种种方面，一举手一投足之间，皆有反讽意味存焉。

第五章
奇书文体中的寓意问题

一　奇书文体与寓意

明代四大奇书和清代的《儒林外史》《红楼梦》等古典小说，经历了几百年历史的考验，引人入胜的魅力始终不衰。从上文各章的分析中，我们可以十分清楚地看出，作者们在奇书文体的结构和修辞方面有杰出的造诣。那么，我们阅读古典小说，欣赏它精彩的艺术结构、微妙的修辞手法和动人心弦的美学感染力之余，是否还有必要从字里行间去寻找它的“微言大义”呢？

十分有必要。寓意的读法是古典小说研究的一个必不可少的层面。在决定使用“寓意”这个术语的时候，我感到十分犹豫。因为西方文学批评中的allegory一词，在中文中简直找不到一个合适的对应术语。有人译为“寓言”，有人译为“寓意”。我个人认为，最为接近的用法，大概应该是“本义”，但因为“寓意”的说法最广为读者接受，所以这里也就从俗了。

在中国的通俗小说中，和在全世界的一般性的叙事文学中一样，寓意的写法与其说是一条规则，不如说只是一个例外。也就是说，大量中国二、三、四流的明清章回小说中，并没有多少寓意，读时可以不必从这方面去研究，而奇书文体却一定要作为寓言来读。自五四运动以来，从胡适、鲁迅开始，直到今天的很大一部分治中国小说的学者，都不甚注重奇书文体的寓言层面。人们或者满足于把它当作一面反映政治史、经济史、社会史的镜子，或者习惯于仅在它的艺术技巧方面做分析。殊不知一旦加入了寓言的读法，我们更可以把奇书文体当作各大奇书中思想史的一种标本来研究，透视出明清之际新儒学（Neo-confucianism）的变迁沉浮，从而打开一个新的视野。

本章的主要目标，就是分析各大奇书中的寓意。

何谓寓意文学？其功用又是什么？即使在西方，这些问题也未曾有过统一的界说，现在我们用来批评中国文学，势必要费一番斟酌。从形式上看，它或者被视为一种独立的文体，或者被当作小说的一种结构原则。[①]从欧洲思想史的角度看，它滥觞于柏拉图和斯多噶各派诠释荷马史诗的某种文境时，斐洛（Philo of Alexandria）在为《旧约全书》作希腊式解说时，扩大了它的应用范围，最后，它又与早期基督教的经义学结合起来。不过，在这个时期，也涉及无关宗教的希腊罗马传统的古典修辞学。一般认为，后世的古典诗人如普鲁登梯乌斯（Prudentius）、迦贝拉（Martianus Capella），使寓意从修辞手段或诠释方法，发展成为中近世文学巨著常用的精细的叙事方式，其贡献是举足轻重的。然而，时至今日，学者们仍然在基本概念上有所争论：究竟乔叟形象化的细节描写，还是但丁的形象预示论（figural typology）手法，更具有寓意文学的特色。[②]

显而易见，欲澄清寓意的基本性质是比较困难的，

---

① 详参"allegory"条，载 *Princeton Encyclopedia of Poetry and Poetics*（《普林斯顿诗与诗学百科全书》），Princeton University Press，1972。

② 关于乔叟的形象化细节描写，可参罗伯斯顿（D. W. Roberston, Jr.）*A Preface to Chaucer*（《乔叟文集序》），Princeton University Press，1962。关于但丁的形象预示论，参见霍兰德（Robert Hollander）*Allegory in Dante's Commedia*（《神曲中的寓意》），Princeton University Press，1969。

它涉及的文学现象如此之广，不能指望用一个简洁、明快的概念表述出来。那么，在这种纷繁的现象背后有没有共同的思维基础呢？有。这就是伊西多尔（Isidore of Seville）所说的“言此意彼”（alienoloquium）。这种简化的定义，起码为我们对奇书文体作寓意批评提供了方便，虽然在中国小说中所言与所指、情理与本义间的精确关系，同伊西多尔的名言有着不小的区别。鉴于“言此意彼”这一规范同样适用于象征、隐喻甚至反讽等概念，而这些概念在当代批评家的笔下又往往复迭难分，我们应该对寓意的两种运用方式——局部的和通贯的——划一条明确的界限。在局部运用时，寓意是修辞手段，在通贯运用时，寓意变成立意谋篇或立主脑的方法了。西方伟大的寓意作家就是以后者来进行创作的。这即是说，透过后一种寓意手法，可以窥见整个故事结构与未曾直接言明的复杂思想模式相契合。这一点很重要，小说描述的发展实基于此，例如：斯宾塞写居恩（Guyon）大闹天庭的楼阁，但丁写自己在炼狱山下芦苇丛中渡水登岸，都是从局部的象征发展到另有所指的寓意结构的。西方的文学作品中，主要的修辞手法——隐喻通常可以组织情节，而寓意手法犹然。在中国的传统文学中，情况却很不一样。因此，讨论中国叙事文学的寓意特点，看来只好别寻他途。

上述讨论已经表明，寓意之“意”首先是作者心中的原意，而不仅仅指作品潜在的或者释发出来的本义。由此来看，尽管从任何一部内容复杂或脉络错综的叙事小说（如《莫比·狄克》）都可寻绎出贯穿全文的隐义，不过，只有作者明确地引导读者脱离情节的描述而去辨认某种抽象的哲理的那类作品，才有可能被认为是寓意之作。另外，如果这种哲理并非是作者锐意为之，它就可能仅仅是心理原型或文学原型，还称不上地道的寓意文学。更确切地说，我们把这样的作品当作寓意文学来欣赏，无可无不可，而目之为寓意作品的地道范例，就行不通了。在叙事的条理之中，寓意之作无一不渗透着某种哲学或神学的理论，即除了表面的细节外，还设计了一层或多层意义。“多层意义”是一个常用的字眼，但在中近世和文艺复兴时代却有着特定的内容。那时寓意作品里的人物，惯常被分成严格的等级——一个模拟性的纵向次序。由于这些作品绝大多数属于基督教艺术，寓意批评用于中国叙事小说又增添了若干困难。已如上述，寓意传统肇始于并一直联系着《圣经》

的诠释和基督教的教父理论（Patristic theology），解说经义时所用的锋芒毕露的象征也形成了寓意文学的种种特点。

虽然如此，我们仍不妨打开思路，考虑现代之前整个思想史——从柏拉图主义到诺斯替的玄学教义（Gnosticism）、经院哲学以及新柏拉图主义——上的寓意现象[①]，摆脱中近世基督教教义的局限。从严格的文学意义上说，人们一旦察觉到作品的含义为深于表面结构的某种东西时，分析本体二重性的一般倾向便随之产生了。中近世学者常常挑明《圣经》的多义性，或“四重撰释法”（但丁所谓“神学家的寓意撰释法”），而在小说创作及批评实践方面，四重撰释法通常减为最基本的形象刻画和旨意传达的两重（但丁所谓“诗人的寓意撰释法”）。西方所有的寓意作品，均隐约显露着这种二元结构，只不过有的偏重故事（如乔叟），有的偏重本文内意（如但丁）而已。

从上述解决双重世界观的可能性中，透露出一种明

① 诺斯替教是一种融合多种信仰，把神学和哲学结合在一起的秘传宗教，强调只有领悟神秘的“诺斯”，即真知，才能使灵魂得救，公元1至3世纪流行于地中海东部等地。

确的动态，至少是明确的方向感：从不完美、不完善甚至臭名昭著的丑恶之物，指向完美、纯真的目标。这种潜在的从此境到彼境的动势，似乎是寓意作家藏于内心的嗜好，他们常常描写“定向历程”，其代表作是朝圣或追寻故事。有些作品，虽然在字里行间看不出实际的历程，但就启蒙的次序而言，无论是顿悟还是渐悟，动态的情状仍宛然在目：从无知到获得真理。有时，这一历程通过揭去幻想面纱的虚写而寓意化；在那个虚幻的另一世界里，时间和空间不必像现实世界那样协调一致，寓意作家可以乘便构想出种种奇异的境界来，借以寄托万象归一的本旨。西方寓意作品的核心理论——二元对立，与中国的文学理论有所不同，但是中国文学自有一种解决二元问题的理论：宇宙无始无终，无所谓末日审判，也无所谓目的的终极，一切感觉与理智上的对立物，既无一不蕴涵其间，又两两互补共济、相依并存。尤为重要的是尘世与超世、完美与不完美两种逻辑上的差别，也因此变得毫无意义了。

然而，奇书文体的内容丰富而纷繁——如《西游记》和《红楼梦》——二元的交替与错迭尚不足以表明多种现实的变化次序。因此，寓意作者在设计较为复杂的叙事格局时，总是寻求种种循环公式，特别是与五行理论相联系的时序与方位的轮转。上述论点对于争辩中国之旧小说是否可以用寓意的方法来解读，也许是至关重要的。人们也许要问：某些小说选用多种启迪思索的哲学术语，设计相应的故事情节，就真正体现出阴阳五行的全盘结构了吗？这个问题有着肯定的答案。不过，我们必须承认，用阴阳五行结缀故事，多是中国美学追求布局整齐、章法均衡的结构；甚至也有不少作品，套用这一范型仿佛仅仅为了掩饰虚泛的哲理，从而演化成娱慰或嘲弄读者的雅谑。

因此，判定一部作品是否属于寓意文学，最终还要看作者原始的意图。他仔细组织题材时，是否想构筑一个预先准备好的思想模式。有些作品所用的暗示、典故，只能引起一般读者的误会。例如《水浒传》中“一百〇八”这个数字，即容易使学者去寻求暗含的意义。同样，中国许多叙事小说——甚至如《隋唐演义》《说岳全传》等历史小说——添加神秘的情节，通常也只是为了设置一个超脱凡俗的等级秩序的背景，倒不一定具有什么特殊的意义。

如果说，中国伟大的寓意作品是凭借人为的有机模式而将寓意植入整个生活细节之中的话，那么，寓意机体的个别因素也仅仅在“一斑窥全豹”的意义上，才可能有进一步的诠释。不过，与西方的情况相似，寓意作家也面临着一个难题，即如何使得读者去洞察隐微的见解，因为那种见解从表面文字中看不到。小说开篇时，寓意结构尚未完全展开，作者更是苦心经营。因此，在某种意义上说，寓意创作的艺术在于特殊的叙事技巧——指引读者不再专注写实层次的故事情节，进而洞察作品深蕴的技巧。奇书文体正是运用了种种特殊的技巧，提醒读者注意寓意出现之可能。这些技巧显豁醒目，随处可见，例如：暗示性的回目连句，关节处点缀的下场诗，回末之封句、叙述中零散的格言和套语等等。下文我们将着重讨论寓意的组织形式如何与作品的叙事结构相统一，因为只有在这一点上，带有寓意色彩用法的叙事文，才由修辞手法发展到了写作的方式。

二　“空”与“色”——《金瓶梅》中的寓意

我们注意到，《金瓶梅》在结构造型和修辞造句方面，显示出作者驾驭整部作品的高超技巧。但我们同时也会常常感到书中还有其他别具匠心的重要企图，无怪乎张竹坡在评点中，提醒读者不要被文本的表面文字"瞒过"，而崇祯本的评注者则规劝人们对这部小说的关键处，"莫作闲话"看待。很多早期的评本——如弄珠客序云"作者亦自有意"，廿公跋曰"盖有所刺也"——虽然出于不同的角度，却都一语道破了其中的玄机。

我们不妨先观察《金瓶梅》全书，如何借"对位"的手法营造出一种框架性的寓意结构。例如，第二十六回"来旺儿递解徐州，宋惠莲含羞自缢"把西门庆家里和衙门里的流弊失政并列在一起，就不是空穴来风的泛泛之笔，我们不妨把它理解为一种在"寓意"层面上的"正对"手法。而第二十九回的"吴神仙贵贱相人，潘金莲兰汤午战"则是"反对"的例子。它把相面先生对未来"树倒猢狲散"结局的预测，与眼前西门庆和潘金莲的淫乱狂欢，相反相成地"对"在一起，寓意的韵味十分深长。也许，第三十回的"来宝押送生辰担，西门庆生子喜加官"更能说明问题。它把围绕着官哥这位倒运的"小官"出生的庆贺活动，放在西门庆官星高照、仕途上节节高升的背景下大书特书，随后又出现一系列官哥的短命生涯与西门庆财势旺盛和宦途得意的对称情景：

第三十九回，一面是玉皇庙里为官哥做消灾道场，一面是欢庆潘金莲生日；

第四十八回，一面是官哥日见羸弱，一面是清明节陈经济在祖坟上尽情调笑；

第四十九回，一面是官哥的健康进一步变差，一面是西门庆加官晋爵和逢胡僧赠春药；

第五十八回和五十九回，一面是官哥的病重和惨死，一面是西门庆的寿辰家庆……

上述诸例，说明了什么？《金瓶梅》开场的诗文里就蕴含恶有恶报之说，中间部分术士看相和僧尼说因果之类的情节比比皆是，而结尾处孝哥的度脱则完成了果报的框架。除果报之外，其中似乎别无寓意。[①] 然而，如果我们深入地去细读，就会发现，《金瓶梅》中触目的佛学因果报应的框架，其实并不足以全信。一方面，故事中纠缠着如此紧密复杂的人际关系，不容我们一笔抹杀小说中尽力集合在一起的整个故事境界的人情理

---

① 吴晗就认为《金瓶梅》成书于佛教重新流行的时代，因而果报正是作者的寓意所在。

性。另一方面，作者对故事中的和尚道士、三姑六婆总是明蕴贬义，也使人怀疑《金瓶梅》对“因果报应”说的虔诚。作者插叙的“看官听说”中，就有相当一部分是揭露这些龙套人物的伪善、贪婪、愚蠢和好色的笔墨。在不少描绘这种可疑的独身者的情节里，这类定型形象经常被渲染为“色中饿鬼”的代表。例见第八回“潘金莲永夜盼西门庆，烧夫灵和尚听淫声”的故事中，喃喃诵经的和尚们，听到隔壁卧房里的浮声浪语激起强烈的冲动，从而不加隐讳地揭露了佛门僧伽隐藏在慈眉善目之下的色欲之心。类似的例子又见第四十九回“西门庆迎请宋巡按，永福寺饯行遇胡僧”中对胡僧形象的刻画——正是他赠给西门庆的那包秘方春药，终于西门庆一命呜呼——作者对这位和尚的描绘竟用了“独眼龙”“肉红直裰”“豹头凹眼”这类惊人的字样，无疑把他看成是男性生殖器的化身，旨在突出其象征的意味。[①]

由此可见，《金瓶梅》中的因果报应框架并不是直言无隐的小说主题，却是深具寓意，暗蕴反讽的处心积虑之作。书中的佛学说教的不能服人，是显而易见的，

---

① 《金瓶梅》的评论者点明此意。

有的读者干脆就认为全书的载道性框架不过是作者矫饰做作的冒牌货。说得轻些，是作者为自己写作一部基本上属于淫书的作品编造巧妙的借口；也可能是作者自欺欺人，一方面曲尽色情经验的快乐，另一方面又要表白自己并非意在诲淫。上述说法，都不无道理。但说得更中肯一些，我认为，到了《金瓶梅》成文时期，把佛学说教这一套编入小说文体的美学轮廓中，已经成为一种固定的格式。它被当作一种约定俗成的惯例，其醉翁之意已经不在于说教本身。

简言之，《金瓶梅》里的佛学说教其实不是佛学说教。《金瓶梅》的淫秽描写其实也并不是单纯的淫秽描写。张竹坡“凡人为金瓶梅是淫书者想必伊止知看其淫处也”之语，初读似乎过于调侃，但它与弄珠客序、廿公序跋和崇祯本评语的论调其实一脉相承。[①] 其实，就量而言，《金瓶梅》中色情描写的篇幅并没有想象中来得这么大。郑振铎等现代学者早已指出这一点。人们可以轻而易举地把《金瓶梅》的淫秽描写全部删除，而不会影响小说的面貌，后来的各种洁本就是明证。如果换

---

① 降至现代，一些学者也认为那些淫秽部分是后来才加进去的，仅存于明季的刻本中而于作者原意无关。

了《肉蒲团》，情形就完全不同。一旦删去其中淫秽部分，全书面目就要顿时改观。我们知道，16世纪的中国，是色情小说广为流行的时代，《金瓶梅》的作者能在这一方面表现出哪怕是一点点的克制，也应该看作是一种故意的艺术处理。就质而言，我也要不揣冒昧地说，在整部《金瓶梅》洋洋洒洒的长篇叙述中，作者抱着同情的态度描绘色情活动的场面是屈指可数的，而那种——不管用什么想入非非的尺度——称得上是对色情的颂扬的成分，则几乎是不存在的。

首先，《金瓶梅》用幽默的笔法写性行为，以设法挫折读者对性活动的热烈的反应，即所谓的“煞风景”，例证可谓比比皆是：第四回“淫妇背武大偷奸”里刻画西门庆与潘金莲性器官的打油诗；第八回“烧夫灵和尚听淫声”里和尚们的滑稽戏；第六十九回里用拟英雄诗体“风流阵”刻画西门庆与潘金莲、林太太的房中交战……凡此种种，都冲淡了我们被卷入到所描绘的活动中去的感情。

其次，《金瓶梅》的作者通过巧妙地安排淫秽情节在叙述流动进展次序中的位置，设法挫折读者的情绪。很多描绘性活动的章节都紧接着暴力或败德事件，以便使读者产生消极的联想，以抵消愉悦的效果。第二十七回“潘金莲醉闹葡萄架”的狂乱的性行为，被作者夹放在宋惠莲自尽事件和占用了第二十八回大量篇幅的西门庆痛殴童仆事件中间，就是一例。第三十八回“西门庆夹打二捣鬼”中，把卧房幽会与拷打王六儿的小叔子韩二（韩捣鬼）互相并置，也是明显的例子。这种模式的另一个变体，是作者故意让某一个第三者在男女的亲热狂乱之际闯进去。例如，第十一回里，正当潘金莲千方百计设法用床上功夫巩固她在西门庆家的地位时，他们的亲昵行动被月娘的到家打断了。这一布局在第二十回又重演了一次，正值西门庆引李瓶儿进妻妾圈子圆房时刻，门外出现了潘金莲和孟玉楼。随着故事的进展，潘金莲屡次在西门庆和李瓶儿的亲热幽会中，故意闯进去，都是显例。

这种“横云断山”的遮断性技巧，在陈经济和潘金莲的乱伦的屡遭挫折一事中，得到了最为淋漓尽致的发挥。陈经济和潘金莲的调情，从第二十回左右就开始，直到第八十回才最后入港、终告完成，横贯了整整六十多回的篇幅。这种利用结构上的布局，来投影遮暗性爱的诱惑的处理方法，值得我们的注意和深思。至于两性交合的真正详尽具体的描写——我们可以察觉到——作者特别想方设法使读者注意西门庆的几位主要对象所偏爱的性生活方式。凡是熟知当时春宫画的人都知道，“后庭花”之类的伎俩是屡见不鲜的俗套。事实上，作者几乎每次运用特写时，都旨在使我们产生对不正常的性活动的厌恶感。这里，形象叠用的作用，相当重大。首先树立一种性交模式，然后通过它在不同场合的“叠用”，逐渐揭示其深层意义。最明显的例子是反复描写潘金莲在性交时喜欢骑在对方身上的姿势。在开始时，这种动作的描写，只是令人觉得它不过是性交姿势的一种变形，但当人们读到后来，由于它的反复叠用，便感受到一层言外的寓意。例如，在第七十九回，潘金莲骑在西门庆身上的架势，就使人毛骨悚然地想到她不是别人，而一个无情地吸尽男人精血的吸血鬼。潘金莲此时采用的性交姿势，与16世纪英国的斯宾塞史诗中的亚克雷夏的姿势，有惊人的相似之处。读者想来不会忘记，她正是用这一跨骑的姿势断送了武大性命的，同时也为小说结尾处，春梅因贪淫而耗尽体力，“死在周义身上”一事构成出色的对称。相同的手法，也见于其他几种反常的性行为描写的叠用中，如第七十八回“西门庆两战林太太”中的烧阴户等等。

刻意把性与痛苦糅合在一起，是小说作者精心设计的重要笔墨。本书花了一定数量的笔墨对小说中的性行为描写进行分析，一再阐明小说触及性问题时，始终用反讽削弱性描写的愉悦感，从而否定了那种认为小说是对人生这方面经验的肯定处理的看法。我认为，把这种地道的反讽写法归之为“因果报应”说，实在是过于简单了；而应该代之以用“色”“空”说来解释，在作者看来，性狂欢之“色”的深处，暗酝着“空”之苦果。“色即是空、空即是色”的观念，换句话说，即是泛指尘世一切虚幻的幻想——尤其是情俗淫乐——的破灭。在《金瓶梅》这部可算是整个中国文学中描写事情最精辟入微的杰作里，作者反复地告诫，要人们从声色的虚幻中觉醒过来，去领悟万事皆空之理，是为第一层寓意。与此同时，作者又使我们感到，这种说教实际听起来似乎又十分的空洞乏力，是为第二层寓意。在这一点上，只有深受《金瓶梅》影响的《红楼梦》可以与之比肩。我认为，无论就第一层还是第二层寓意而言，作者的用心看来只能用另有寄托来解释。西门庆的世界是有毛病的。人们也许会说，他的性生活混乱是影射万历时代的社会恶习的状况。然而，问题似乎比这种推测更为深刻。这种病态的感受并不仅仅是今天的读者才有的，张竹坡本、崇祯本的评注者以及其他早期的比较严肃的评论都曾注意到这一点。甚至小说中的人物本身也偶尔对自己的行为感到羞耻，并不能对鸡奸、乱伦等行为处之泰然。众所周知的酒、色、财、气四贪，与欧洲传统的四种基本罪行并列，译成外语时可以称为“四大罪”。由此可见，《金瓶梅》里的性描写，并不是为了取悦读者而已，也不仅是作者有意识的宣泄，而是另有一大套有关“存天理、灭人欲”的心学的大道理在。

三 《西游记》中的寓意

几乎所有传世评本的传统注家都赞同，《西游记》应该作为一部寓言小说来释读。在这些评注家的序跋、眉批和行间批中，我们发现不少有片段，明言该书存在着寓意读法的基础。例如，假托虞集的《西游记》序文就提醒我们：

> 所言者在玄奘，而意实不在玄奘。所编者在取经，而志实不在取经，特假此以喻大道耳。

十九世纪的评点家刘一明也力言，《西游记》的用心处尽在言外。我们随处可以看到，几乎所有传统的评注家都用“深意”“隐意”或“隐喻”等词语，来指明隐藏在字面之下的意义。把读者的视线，从作品的叙述形态导向的隐意模式——寓言的这一主要功能，把《西游记》与其他三部明代奇书区别开来。其他三部小说尽管多多少少运用了反讽的削弱和暗示性的语言，但都不能说传达了这类本意。张竹坡虽然有《金瓶梅寓意说》，但《金瓶梅》显然与其他三部明代奇书一样，并没有制定出一个首尾连贯的寓言图式。

百回本《西游记》有别于现存的所有先行或并行的有关玄奘故事的材料的地方，是用了大量寓意深邃的哲学术语，套在文本之上。首先，我们可以看到《西游记》对于大乘佛教概念与术语的运用。“禅心”“真性”“缘”“渡”“登彼岸”等等，不一而足。其次，《西游记》对佛经的取舍，与作为它的原始素材的通俗文学比起来——如《大唐三藏取经诗话》——大不相同。先前的原始素材里有对佛经，尤其是《法华经》和《金刚经》的引用，十分之引人注目。但百回本的小说却极少提到这些经卷，相反却把《般若波罗蜜心经》摆在重要的位置上，从而构成贯穿全书的中心思想的导线之一。在一般佛教思想的领域内，作者并不一味偏袒任何一个教派的教义。他在第十二回上演了一场关于“大乘”和“小乘”教义的辩论，但对“自力”与“他力”“顿悟”与“渐悟”的争论并没有表态，却特别重视“禅”的观念，凡此种种，都可见《西游记》作者的别具慧眼和匠心的地方。

《西游记》对道家的概念和术语，也大有引用，正是从这种引用中，我们看到了把原始叙事资料改写成寓意小说的确凿证据。用这类术语套罩在先前流传的故事素材上，无疑是百回本小说结胎的一个决定性因素。《西游记》中充满了朱砂、炉、鼎等等神秘的术语。《西游记》以木母名猪八戒，金公名孙悟空，黄婆名沙和尚，也绝非巧合。道家的养身术语在《西游记》中也占有重要的地位，房中术是作者热衷的课题。尤其是晚明的房中术，是理解《西游记》不可或缺的一个环节，也是当时社会的流行习俗。我们注意到许多表述性交的术语，如“阴阳交媾”“姹女”“婴儿”等等，都以不同的方式，与上述的炼丹术和阴阳五行说紧密结合。这两大支流，用“火候”一语联系起来。所谓“性命双修”，在明代时而是特指男女交媾的观念，时而又超越了道教学说的范围，而拥有更抽象的哲学意义。“火候”既是修炼过程中的关键，又与孙悟空的“火猴”之名正好谐音。

上述的这些林林总总的道教术语，使人很难看出它们的宗派家数。尽管它们散见于《道藏》的浩繁卷帙之中，属于明代道教的通用词汇，但却差不多都可以追溯到至少宋末元初的道教全真派系统，特别是在丘处机的著作中找到渊源。这里我要着重指出的是，除了我们已经讨论过的这些道教思想外，掺入《西游记》寓言架构的另一套占有显著地位的术语来自《易经》，其实属于儒家的思想系统。从广义来说，我们可以把《西游记》中的某些数象图式——尤其是一再出现的“九九”公式与阳数“九”联系起来，“乾”“坤”两卦分别代表纯阳和纯阴，“坎”“离”两卦构成“既济”和“未济”等等——读成有《易》的意义在。如果进而考察这些泛指《易经》学问的引喻，从明代新儒学的思想的背景出发，我们可以看到三教合流的折中模式。

我希望对《西游记》用词特点的简略介绍，能够帮助划定这个寓意性取经故事的语言天地的范围。下面我们要进一步，探讨寓言作品的其他功能。第一，这些孤立的象征性术语是如何连接成复合连锁图式的。第二，这些象征性的形象，是如何在故事本身的来龙去脉中互相作用的。例如，按照对《易经》的基本理解，每一卦位的本意，只有在千变万化的整个循环框架中才能求得。这也直接关联到我们对取经之行所呈现的周而复始之感的理解。从此出发，当我们注意到各种图式之间相互的映照时，那种巧妙的构思就变得更加引人入胜。正如炼丹和房术修养的说法，均按"阴阳"和"五行"的术语，来引出天地交合、万物皆生的共同思想。与故事关系最贴切的"既济"和"未济"两卦中水与火的成分，便与佛道二氏产生了共鸣。这是一个在 16 世纪中国思想的各个部门都关注的核心问题。从这一点出发，我才把小说诠释为一部隐喻修心观念的作品。

《西游记》中有一部分故事，运用主要人物以五行标记为主的象征性刻画，来作为它的寓意手段。这种手法，虽然并未贯穿全书，却仍随处清晰可见。例如孙悟空和猪八戒分属五行中的金和木，第十九回中收服八戒的故事就显然体现了"金克木"的原则。这反过来，又说明了第二十二回降服沙和尚入伙一节中为什么少不了猪八戒。同样的五行象征的手法，还可以进一步说明为什么孙悟空多半不怕火烧，在水里却无能为力，每遇有深水战斗，不得不求助于善识水性的猪八戒的鼎力相助。这种对寓意人物的固定读法，也适用于小说的核心比喻：即用“意马心猿”一语来断定孙悟空代表千变万化的人心。

不少近代的评论家们认为，佛道两套术语的并存并不完全抵触，反而强调了仙佛同源是小说的深层意义。《西游证道书》对此作了十分清楚和一贯的解释。张书绅站在问题的另一个方面，认为《西游记》并不反映佛道玄学的奥妙思想，而完全是对儒学的寓言阐释。他把全部小说看成是《四书》基本教义的长篇注释。这在大多数现代读者看来，也许是迂阔的观点。但是我认为，张氏的见解其实颇有精义，也许相当符合小说的思想基础。陈士斌在其深具远见卓识的诠释中，也经常求助于某些相同的儒家观念。① 然而这种对文本作过分简单化解释的做法的主要短处，就是反讽曲笔迟早会削弱那些甚至是作者本人提出的载道内容。我们注意到，所有三

---

① 也许除了陈士斌的评注之外，大多数这类读法都有把小说对超度的寓意，注入一个拘泥教条的铸型之倾向。

教的代表在小说中都受到相当一致的抨击。

《西游记》在相当多的章回的篇幅里，似乎都表现出对佛祖和菩萨的景慕，但通过对玄奘法师的打坐和禅定所做的讽刺描写，《西游记》对佛家自力顿悟的戏谑，达到了淋漓尽致的地步。小说中的玄奘耐不得饥寒，为个人的安危担惊受怕，与他面容沉静、散发出圣洁光轮的传统图像，形成鲜明的对照。《西游记》对道家的讽刺也很辛辣。道士们都是旁门外道，不外乎骗子、庸医、呼风唤雨的欺世盗名之徒。儒家型的人物的遭遇也好不了多少，因为在这些人物登场时，他们与其说是象征义气冲冠的典范，不如说更像昏君和佞臣。传统的评注家们对“道学气”的批评，我们也可以看作是小说对儒家反感的一种曲折反响。

如果《西游记》的作者让我们轻易地用佛、道、儒的教义去解释这部小说，那我们又如何去理解在西天取经这一寓言故事中，通过超越凡欲来追求最高境界的本意呢？还有，在传统的通俗故事上加入哲学词语，究竟要达到什么目的？大多数 20 世纪评论家会简单地回答说，这些东西根本没有任何特殊意义，它们至多是一种文人的戏笔而已，是用来愚弄天真的读者的。但我认为，摆在我们面前的问题绝非这样简单。《西游记》的寓意结构并不一定是天衣无缝的。事实上，就连传统评注家中的先驱者们，有时也承认他们无法破译作者的寓意密码。例如，刘一明承认《西游记》中有许多无法判读的片段，就连巧智过人的陈士斌也望洋兴叹："此篇从头至尾，翻覆数过，掩卷沉思，而终莫得其解。"我认为小说的寓意必须要通过对 16 世纪中国的思想背景——尤其是针对所谓的"心学"——的分析去理解。这并不意味着完全抹杀佛道观念在这一混合体中的存在，而恰是因为在"心学"这一范围内，三教所用的各种概念相处得最为融洽。

宋代以后的心学中和了三家之说，是为一创举，可以从小说中的某些术语与明代的三教有千丝万缕的联系上，得到进一步的证实。在《西游记》的佛教观念中，除了正文几个关键之处着眼于《般若波罗蜜多心经》之外，我们发现小说对"禅心"和"明心"的强调，如在取经旅程开始处援引的"佛即是心兮心即佛"的禅语，即是一证。在道教思想的范围内，我们也可以引出类似的结论，例如对此时已变为定例的对"内丹"的重新解释。"内丹"在《西游记》里，已成为指称自我内心的代名词了。尤侗开门见山地指出佛家的“明心见性”、道家的“修心炼性”和儒家的“存心养性”实在内有一以贯之的等价观念。[①] 尤侗的三个连贯的说法，选取“心”和“性”这一对相配的词语，点出了明代思想在这方面所具有的整体感的特色。因为无论是佛教的证果观念或者是道家的升仙观念中，“心”与“性”这两种境界往往是互相替换的，甚至许多理学的文字也不无相同的意味。

四 《水浒传》中的寓意

乍一看来，《水浒传》是一部英雄传奇，仔细阅读，我们就会发现，字里行间大有翻案的文章。我把这种现象称之为“英雄好汉的阴暗面”。

武松打虎是家喻户晓的故事。武松是个好汉吗，看来似无问题，但如果我们细读《水浒传》的“武十回”，就不难发现，武松其实并不是完美无缺的英雄。繁本《水浒传》中对武松画像的阴暗面的最有力的描

① 见尤侗《西游真诠序》，载朱一玄、刘毓忱编《〈西游记〉资料汇编》，中州书画社，1983 年版，217 页。

写，莫过于血溅鸳鸯楼的那场令人毛骨悚然的大屠杀。表面上，武松的盛怒完全有理，只有在作者用他那支生花的妙笔点出武松滥杀无辜的奴婢和卷走金银财宝时，我们才看到他的翻案文章。

作者不仅揭露武松性格中的暴虐的一面，也暗示了他个性中强中弱的一面。他在第二十一回出场时，是个身患疟疾、郁郁不得志的小人物。在第三十一回里，武松为了追赶一条黄狗，竟失足“一个筋斗倒撞下溪里去”，挣扎不起。金圣叹批曰：“其力可以打倒大虫，而不能不失手于黄狗，为用世者读之寒心”。更有讽刺意味的是——如众所周知——武松最后入寂时，成了一个独臂的废人。

《水浒传》对李逵的描写，也有与武松相似之处，两人有一系列的共相，但李逵的反面意味甚至更强于武松。在小说较早的一些情节里，我们已经接触到李逵的种种残暴行为，不过作者的笔法一般还都以轻松的基调为主，读者的感受仅仅是滑稽可笑而已。这位“黑旋风”作为性情豪放、心地善良的正面形象，在第三十八回大闹江州中成为主调。第七十四回他乔装坐衙，第五十二回斧劈罗真人未遂而负荆时，李逵在读者心目中的印象，脍炙人口。我们看到的李逵，是元明杂剧中的那个令人喜爱的李逵。然而在繁本《水浒传》的若干章节里，李逵无法无天的阴暗面就暴露无遗了。第四十二回李逵回家接母，开头是用十分轻松的笔调写的，而后来冒名的“李鬼”的出现，故事就开始展示李逵性格中凶暴的侧面，其手法一如《西游记》中的六耳猕猴然，一心而二形焉。当这个小闹剧导致李母死于虎口时，笔调为之一转。这是小说形象叠用法的复杂功能的出色范例。

联系到李逵在梁山事业进展中所扮演的角色，我们可以看出李逵的形象是“乱”字的体现。他从衷心拥护宋江造反，“杀上东京，夺了鸟位”开始，一直到第一百二十回临终前大呼“反了罢”为止，李逵即“反”的象征。这种造反冲动，既针对大宋王朝，也针对梁山泊内部的等级统治。第六十七回，他坚决反对宋江想让位给卢俊义的创议和他以后的多次反招安，都是不容轻易放过的笔墨。最后，他的呐喊，已经具有打破一切秩序羁绊的意义。李逵号称“天杀星”，小说中反复说他“见一个杀一个，见两个杀一双”，手挥双斧杀人放火，是李逵的基本写照。在征方腊一役中，李逵在苏、杭大挥板斧，一定会给后来的16世纪江南文人留下深刻印象，《水浒传》的作者作为那些文人中的一员，难道会真的把李逵当作一位十全十美的英雄吗？我的意见是否定的，而且我猜想，这一点也许正说明了，李逵的形象具有如此强烈的反讽感原因。

从繁本《水浒传》里武松和李逵这两位脍炙人口的英雄的雷同之处，我们自然而然会联想到鲁达的形象。鲁达不但在形体上与武松和李逵相似，而且在性格特点上也不无雷同之处。在上述性格人物关系中，武松与鲁达犹为接近，两人先有二龙山结义之举，后有钱塘听潮、同归于尽的结局。在某种意义上，我们可以说，这三位英雄的背后贯穿着一条特殊的文法。从第二回到第七回，我们可以看到，在鲁智深拳打镇关西、大闹五台山、倒拔垂杨柳、野猪林救林冲等等描写中，作者让读者尽情地去喜爱和欣赏这位“花和尚”。但后来却逐渐出现与描写武松和李逵相似的笔法，逐步打消读者的好感，大作翻案的文章。

谈到李逵，就会联想到宋江。比起李逵来，宋江更是个问题人物。他其貌不扬，人称“黑三郎”，矮胖的身材可与王英和武大并列。黑黑的面皮，则是上起赤发鬼刘唐下至黑旋风李逵的众多黑脸暴徒的缩影。宋江的诨名比《水浒传》中任何人都要多，例如“呼保义”“及时雨”和“孝义黑三郎”。往浅里说，这些诨名反映了关于宋江的历史资料及其事迹传说之繁杂，但从文人小说媒介的角度分析来，它们又为作者施展其反讽机智提供了肥沃的土壤。举例来说，《水浒传》中黑三郎的“孝义”之称，便大有问题，起初作者使我们相信，“孝”是宋江最优良的品质之一，在第二十一回偏偏是从他父亲控告他忤逆的诡计里，弄假成真，我们从假意的否定中得出肯定的结论。然而随着小说的进展，这个诨号就逐渐开始出现反讽的意味，它隐隐约约地反复暗示梁山好汉的不守王法，时时伴随着对父母的忘义败风，也就是传统所谓的“不忠不孝”。宋江的诨名“及时雨”也有反讽的意义。从字面上解，“及时雨”者，慷慨好施、周济四方之谓也，但同时也暗有“泪”的隐义。如果，把宋江与刘备相比较，我们会发现，二人都经常流泪。其实，在小说的大部分情节中，宋江在谋略和武功两方面都称不上“及时”，真正“及时”的倒是他泪下如雨的本领。

小说中展示宋江性格的一个特别生动的场面是“杀

惜”。细读之下，我们发现，这一情节穿插在靠近武松杀潘金莲的位置，隐衬出二者的形似之处，就连街头顽童唐牛儿和郓哥两人也都有惊人的相似之处。“杀惜”又与紧接着“武十回”前后宋江与武松相遇的细节，前后呼应。与武松怒发冲冠的豪气相反，宋江处处显得优柔寡断和低声下气。十分明显，这一对照的目的是暗讽“黑三郎”。小说处理宋江对待一丈青的态度时，更是饱含了反讽的潜在寓意。繁本作者在第四十七回里，以其微妙精细的笔墨透露出，宋江为那位女将的武艺“暗暗的喝彩”。当她为林冲所擒，被押上梁山泊听候发落时，所有在场的人都很自然地以为宋江要把她据为己有。而就在这时，繁本作者不慌不忙添上了生动微妙的一笔：宋江彻夜未眠。后来，当宋江决定把一丈青交给王英时，读者也许会认为这又是宋江慷慨大度的一个证据，说明好汉不为女色所动。然而鉴于宋江和王英在形体上的相似之处，这位英勇的女将嫁给侏儒的荒唐错配，使人从中感到一种辛辣的挖苦味道。

参照晚近评论家的推论，厌女症是《水浒传》的一个关键成分，人们可以把宋江许多行为中那些有关色欲反讽的含义，看作是一个寓意问题，不少现代读者已经体会到了《水浒传》人物都有对性欲和权力的双重追求。对小说中肉欲与野心之间的矛盾的理解，使作者对外强和内弱之间的分界线进行了反复的探索，接近于小说的核心问题。在这样的心理背景之下，作者偏偏在第七十二回里对宋江私访李师师的情节大加渲染，并不是可有可无的闲笔。正如宋江在“招安”问题的执着，既深刻地表现了他对权欲的追求，同时又表现出他是一个内弱的人物。作为一位大军的统帅，宋江“手无缚鸡之力”，难如人意。而作为一位政治领袖，他也绝无治国平天下之术。而具有反讽意义的是，这样一位“文不能安邦、武不能定国”的角色，却是小说的主角。

随着山寨势力日大，梁山泊内部的摩擦和斗争，渐渐成为贯穿繁本《水浒传》的核心思想内容。最醒目的一节是宋江和李逵之间纠缠不清的关系，他们之间既有互相抗衡的一面，也有妥协的一面，又有若即若离的一面。宋江和李逵的微妙关系早在第三十八回“浔阳楼宋江题反诗”，他们初会于江州琵琶亭时就开始露其端倪，这一情节中有许多发人深省的细节值得我们细加分析。从他们第一次邂逅起，宋江就欣赏李逵之“豪”。李逵的食量如牛，赢得宋江的喝彩“壮哉！真好汉也！”李逵的反应是“这宋大哥便知我的鸟意”。此后，李逵愈来愈占据了宋江背后的中心地位，成为他操纵弄权的真正势力基础。最中肯的例子见第四十回“宋江智取无为军，张顺活捉黄文炳”里，杀死黄文炳报仇后，宋江问部下谁愿跟他去梁山时，李逵第一个挺身喊道——“都去，都去！但有不去的，吃我一鸟斧!”归根到底，李逵是宋江麾下的一张王牌。宋江称李逵是“家生的孩子”并非随口说说的戏言，正如李逵自称是“哥哥部下的一个小鬼”分明是发自肺腑之言一样。

宋江和李逵之间的敌意和猜疑，也是十分明显的。随着故事的发展，李逵先明告宋江“我不是怕你……”，后来又骂他怀有歹意：“你们也不是好人。”到第六十七回，李逵反对宋江声称要让位给卢俊义一节，即可以视为是李逵真心拥护宋江的表现，也可以看作是宋江对李逵的利用，甚至可以读作李逵并不是真心反对，只是因为已被宋江抓在手里，深怀不得已的苦衷而已。

宋江对李逵的态度也一直是模棱两可的。鉴于“用人”一向是中国叙事文的中心主题之一，宋江在李逵请战时每每所用的“用不着你”这一类的话便有了特殊的意义。随着故事的发展，宋江逐步认识到李逵对他的潜在威胁，所以第五十三回“黑旋风下井救柴进”里，宋江自辩说是把李逵“忘”在了井底之言，难以令人信服，至少李逵本人心里存疑。宋江的伪善由此可见一斑。宋江与李逵的关系，还可以从传统的“得士”观念，做出进一步的解释。

上文所分析的人物，均是《水浒传》中最具分量的角色。在第二等的角色的刻画中，我们也可以找到类似的反讽性手法。例如吴用，这位本是“村中一学究”的人物，竟在许多重要的场合隐隐以幕后的总指挥的面目出现，此笔本身极具反讽意味。林冲火并王伦的幕后牵线人是他，策划引卢俊义上山的是他，卢俊义活捉史文恭后在暗地里指挥大家反对宋江让位给卢俊义的又是他。由此观之，吴用常叠着两个指头的那个众所周知的姿势，与其说是在表现他的机智聪明，恐怕还倒不如说是反映了他玩世不恭、操纵群豪的态度。吴用的才华在第十五回“智取生辰纲”、第四十九回“双掌连环计”等节中得到充分的发挥，但到了后来就经常出现智穷力竭的窘相，到头来还是个具有反讽意味的“无用”人物。

综上所述，《水浒传》在人物塑造方面，通过反讽手法的运用，几乎使每个重要人物都带有他自己的寓意。他们不是一览无余的单纯的正面人物或反面人物，而是复杂的问题人物。围绕着这些内涵复杂的人物，小说的多层次质感才逐渐展现，传统小说批评的多元化倾向得以确立。

五 《三国演义》中的寓意

《三国演义》写关羽颇费心机和笔墨，斩颜良、诛文丑、千里走单骑、五关斩六将、单刀赴会、水淹七军，乍一看来似乎都是肯定的描写，但仔细分析，几乎每一事迹中都能找到反讽的情调，或者模棱两可的暗示。关羽性格中最明显的问题，就是“刚而自矜”，这是史书对他的最后定评。《三国演义》的作者则把这一评价移至第七十八回，借诸葛亮之口说出。[①] 关羽是否真的所向无敌？不然。对汉末诸侯，他既有“温酒斩华雄”之勇，又有“三英战吕布”的力不从心，刘、关、

---

① 诸葛亮说：“关公平日刚而自矜，故今日有此祸。”见《三国演义》，668 页。

张三兄弟才与吕布打个平手。[1] 对曹操，虽然有“五关斩六将”之威，也有“土山约三事”之败。甚至在民间传得神乎其神的“单刀赴会”里，他也免不了要预先埋下伏兵，以防不测（《三国志平话》里无比细节，为小说作者精心所加），令人失笑。此外，关羽性情孤僻，极难相处，甚至和张飞也存在紧张的关系，和诸葛亮也经常过不去。关羽是否在“三顾茅庐”时就开始种下了对诸葛亮的终生不释之怨，今人当然不得而知，但他们两人之间存在紧张的关系，却是在相当多的情节中都可以看出来的。

刘备在第七十三回进位汉中王，是关羽在小说的发展曲线中由强转弱的转折点。他始而对自己和黄忠并列为五虎将，极为不满，随后拒绝与孙权联姻，又作了一个被野猪咬伤的梦。自此以后，他那刚愎自用的信心和逐渐消衰的体力之间的矛盾，就越来越明显了。《三国演义》的作者虽然没有正面描写关羽日益年迈的过程，但读者还是能从第七十四回关平要求代父迎战庞德一事中意识到这一点。第七十五回的“刮骨疗毒”确实使关羽的意志力升华到了顶点，但同时也标志着这是他的末

---

① 见《三国演义》，第五回。

日的前兆。这次手术严重地影响了关羽的体力，也间接预示了荆州的失守和走麦城的结局。《三国演义》把关羽之死写成一个逐渐衰亡的过程，而不是一位英雄从事业的顶峰上突然悲壮地倒下。这种写法使人想起繁本《水浒传》里刻画武松的某些手法。首先两人都有过人的神武，其次关羽在第一回出场时，和武松一样是个逃犯，不是偶然的笔墨，再次他们都与佛门有缘，关羽遇普静和武松出家遥相映照。小说的字里行间处处透露出对关羽的反讽。

在民间的通俗文学的传统里，关羽是“义”的化身。《三国演义》的处理则充满了皮里阳秋的意味。第二十五回“屯土山关公约三事”里，关羽投降曹操的那些先决条件扫清了任何可能引起对他不利的疑虑，但他的这种精明，却同时为其英雄形象蒙上了模棱两可的阴影。究竟他是真投降，还是假投降？关羽为曹操斩颜良一事，为我们提供了暗讽关羽的一个好例。众所周知，颜良是袁绍上将，而当时刘备是袁绍之客，小说的某一个版本里穿插了一个意味深长的细节，说明颜良其实带有刘备给关羽的口信，所以颜良完全是猝不及防被杀死的。试问其中的讽刺意味是何等地强烈。

反过来说，关羽过分看重个人之义也造成极度的危害。最鲜明的例子，莫过于第五十回里赤壁战后的“义释”曹操，它对三国一代的历史进程，产生了决定性的效果。这一处理是《三国演义》作者独具匠心的神来之笔。史书里对曹操如何逃脱语焉不详，《三国志平话》则说曹操是在一场大雾中脱身的，只有文人小说《三国演义》才有此意味深长的“义释”之说，又一次显示出了文人小说是与通俗文学相距不可以道里计的高深文艺。

张飞的形象也值得研究。与关羽相比，张飞无论在身材和勇武上都稍逊一筹。他的形象在说书和戏曲等通俗文学里是一个样子，在文人小说里又是一个样子，《三国演义》严重地贬损了张飞在《三国志平话》和元杂剧里的正面形象。在民间文学的传统里，张飞是一个粗汉的形象。这一俗套早在唐代的“说话”里就已形成。李商隐有“或谑张飞胡”之句，足资佐证。元杂剧称张飞为“莽张飞”则继承了这一传统。《三国演义》在很大的程度上把张飞的形象复杂化了，例如“粗中有细”个性的加入，就是不可忽视的一环。张飞的形象令人想起《水浒传》里李逵的形象。古今不少读者都盛赞张飞不受禁锢，敢作敢为的精神。托名李卓吾评本的评注者称张飞为“快人”或“圣人”，也使人油然想起《水浒传》中的李逵。

在评价文人小说对这个通俗形象的修正时，我们再一次注意到张飞性格的这些特征，在小说中牵涉到若干重要的关节，读者一眼就看清，张飞尽管朴素可爱，但与小说中其他英雄人物的关系却常是刻毒多于友爱。张飞在第二十八回“斩蔡阳兄弟释疑”里痛斥关羽是卖国贼、直到关羽斩了蔡阳才消释前嫌一事，虽然以当时的特定情景而论，并非全无道理，但这段嫌隙到了第六十五回“刘备自领益州牧”时就逐渐更为暴露了。刘备在蜀中一得手，他的两位结义兄弟就在新的统治等级内，为谋利争地而展开了竞争。张飞的这种敌对的情绪也针对蜀营中的其他武将，尤其触目的是针对赵云和黄忠等五虎将成员。张飞与诸葛亮的关系也相当紧张。对刘备的三顾茅庐，张飞始终表示“不悦”。搏望坡军师初用兵的时候，张飞持激烈的反对态度。他们之间的关系始终是潜在地紧张的，在以后的一系列南征北战中，诸葛亮往往迫使张飞要先立军令状，然后才能获准参战。张飞对刘备的这位首席军师的怨恨，也始终没有真正消散过。

刘备与张飞之间的关系与《水浒传》中的宋江与李逵的关系酷似。张飞几次力劝刘备速登大位，第十二回要刘备接受陶谦之请领徐州，第七十三回劝刘备省却称汉中王这一步，径直称帝——“就称皇帝有何不可”——与李逵在《水浒传》里表达的情绪简直一模一样。章学诚就已经注意到了张、李之间的相似之处，两人的生理特色都是黑肤，都用“杀得性起”一类的语言，都有不同程度上的仇视女性的倾向，等等。

《三国演义》之写张飞，犹如《水浒传》之写李逵，重点不在于正面刻画他们的英雄气概，而在于探讨他们的局限性和最后的败亡。这种手法，与我们分析过的关羽和武松的形象互相映照，如出一辙。张飞在关键的时刻，常常成事不足败事有余。在《三国演义》的第二个十回里所描写的徐州一带的拉锯战中，张飞的武功与吕布相比，相形见绌，但在通俗说书《三国志平话》和元杂剧中，张飞却勇于吕布。第十四回张飞徐州失守断送了刘备刚刚冒头的事业。第二十四回“皇叔败走投袁绍”里，张飞自以为得计，夜劫曹营，结果中计大败。第三十一回“玄德荆州依刘表”里，张飞又被曹操杀得一败涂地。第八十一回“急兄仇张飞遇害”以及随后的刘备起兵伐吴，导致了刘备的败亡。在不少这类事件中，《三国演义》作者特意把张飞的酗酒和败绩联系起来。第十四回“吕奉先乘夜袭徐郡”里，张飞因醉酒而被吕布夺去徐州，后来类似的形象叠用，不可胜数。《三国演义》的作者还经常把张飞和关羽作对比，关、张之死是一个意味深长的对比，都死于非命，都源于刚愎自用，而第六十三回“张翼德义释严颜”正是第五十回“关云长义释曹操”的反讽隐射，前者是张飞学会用智，后者是关羽明知故犯。

刘备的形象也是一个矛盾体。《三国演义》第一回对刘备的画像主要根据《三国志·蜀书·先主传》，称刘备“先主不甚乐读书……好交结豪侠”①，大有《水浒传》里宋江的味道。一方面，他是“汉室之胄”，有“喜怒不形于色”的铁面自控的本领，另一方面他却是一位战场上的常败将军。刘备的每次亲征，包括第二十四回“皇叔败走投袁绍”、第三十一回“玄德荆州依刘表”、第六十三回用庞统取蜀、第八十四回“陆逊营烧七百里”，战无不败，作者的这一安排，深刻地道出了

---

① 见《三国志》，中华书局，1959 年版，871—872 页。

刘备作为一位政治和军事领袖的局限性，与《水浒传》中宋江的“手无缚鸡之力”而领袖群伦，何其相似乃尔。

刘备自称“宁叫天下人负我，不叫我负天下人”，似乎有仁者之风，但读者只要一看他的发迹史，就不免哑然失笑。他占徐州、借荆州、取益州，进位汉中王，自称蜀帝，等等，无一不值得读者深深反思。一经反思，刘备的君子形象就站不住脚了。因此，《三国演义》的作者常常把他和曹操并论，曹是“奸雄”，而刘是“枭雄”，形成有趣的对比。从夺取徐州、荆州和益州，直至第八十回“汉王正位续大统”称帝，刘备的行为模式是一部三部曲：先是犹豫，然后循古例，作三次假意谦让，然后终于被劝进的臣下说服。在这个模式中，假意谦让，让部下劝进，是一个既定的模式。例如刘备在称帝时，最初拒绝的理由是这是“不忠不义”之举，但一经诸葛亮的翻案性解释，说实际上当取不取才是“不忠不义”时，刘备就顺水推舟，自下台阶了。《三国演义》的作者和《三国志平话》不同的地方，在于他一而再、再而三地把笔墨集中在说服与让步的微妙过程上，从而体现了刘备的“忠”中之“诈”。刘备在他惯例的

“三让”模式中，每一“让”其实都意味着“进”。

《三国演义》写刘备伪善时用的手法和《水浒传》也不无相似之处。刘备与两位结义兄弟之间的关系和宋江与手下众头领之间的关系有惊人的相似之处。不过在把刘备与宋江作比较时，我们不得不对刘备的“仁人志士”这个名声看得更重些。“仁”字的运用，对刘备后来的掌权起了很大的作用。《三国演义》第六十回引正史曰：“操以急，吾以宽；操以暴，吾以仁；操以谲，吾以忠。每与操相反，事乃可成”。[①] 刘备的这番自白，无意中撕破了他的假仁义，他之所以宽、仁、忠，其实不过是一种反曹操的策略，目的不外乎“事乃可成”耳。张飞在第十三回里对刘备的“心肠忒好”表示不满，诸葛亮在第六十五回“刘备自领益州牧”里埋怨他易犯“妇人之仁”，其实都被他的假面具瞒过了，尚不自悟。而毛宗岗在第四十一回“刘玄德携民渡江”里评曰：“过于仁”，才是识破枭雄真面目的春秋笔法，而李卓吾在第三十八回里讥刘备之垂泪“极似今日之妓女”，更是痛快淋漓的抨击。从上举各例中，可见传统评点家们见解之一斑。

---

① 见《三国演义》，520页。

六 《红楼梦》中的寓意

多少年来，《红楼梦》一直作为中国文明史上的一个里程碑而受到珍视。红学家们不停地考证作者的身世，并且希望在小说的字里行间发现诟病清朝统治的曲笔，因为他们体会到小说里充满了正中有反的寓意。脂砚斋的批评，特别强调书中的一辞、一句、一诗、一词都蕴涵着深意，处处从个别细节的观察引申到对全书寓意的理解。例如，第二回通过贾雨村之口，说到宝玉的一种怪癖——他每遇父母杖责，便呼姐唤妹，借以减轻疼痛，脂砚斋于此作眉批道："此是一部书中大调侃寓意处。"[①] 又如在第十二回，脂砚斋又以贾瑞的"风月宝鉴"作比，说明小说本身的双关性质："此书表里皆有喻也。……观者记之，不要看这书正面，方是会看。"[②]

有人也许会说，脂砚斋和其他清代评点人所说的

---

① 见陈庆浩《红楼梦脂砚斋评语辑校》，巴黎第七大学暨香港中文大学，1972 年版，36 页。

② 见《红楼梦脂砚斋评语辑校》，154 页。

“隐意”，以及我们这里所说的“寓意”，实质上不过是指这部小说体现了某种深刻的含义而已，并且这种含义也不比任何其他反映生活真实的集大成式的写实小说更多。争论看来还得回到寓意的定义上去。我认为，作者通过叙事故意经营某种思想内容才算是寓意创作。如果在现实的描述中简单地呈露某种生活的真实，我们只能说这部书有思想内容，至多可以说它适宜于寓意式的阅读。如果作者确实有意对人物和行为进行安排，从而为预先铸就的思想模式提供基础，我们就有理由说，他已经进入了寓意创作的领域了。

《红楼梦》在结构上有一个特点，似是寓意创作的标志，即作者浓墨酣畅地以“二元补衬”的模式展开描写。中国小说戏剧不乏悲欢离合、荣枯盛衰的描写，然而，即使从这种俗见的文字看去，《红楼梦》在情节陡转之处，在因否泰莫测而摇人心旌之处，也无不暗含阴阳哲理的结构形式。第七十五回和第七十六回贾府在中秋佳节时的强颜欢笑，小说最后那种不了了之的收场等等，都是复杂的二元错叠的例子。明斋主人颇为赞赏作者的这种精细的布局技巧：“小说家结构，大抵由悲而欢，由离而合，是书则由欢而悲，由合而离，遂觉壁垒一新。”我们由此也许可以按照从“悲中喜”到“喜中悲”，从“离中合”到“合中离”的无休止的替代，而不必按照从冲突高潮到冲突解决，甚或从幻想到觉醒的辩证发展，去总结小说安排情节的特点。

也许有人说，“二元补衬”的复杂现象，正是整个中国白话小说的总特色。然而，值得注意的是，作者特地选出某些二元概念而进行布局，显然是寓意创作意图的透露。“动静”的交替是二元补衬的主要脉络之一，它组成了小说大部分表面的情节。宝玉及其姐妹们的生活，忽而“热闹”，忽而“无聊”，即贯穿着这一脉络；同时，“动静”的补衬亦可说明：何以乍遇安宁又生是非，何以喜庆未酣而意外已至，何以远离人寰的幽园，却也自自然然地连涌波澜。另外，作者仿佛还着意把“内”（贾府的世外桃源——大观园）、“外”（出贾府门即是京中大内）当作一条脉络，使其与“出入”的描写，细密交织并不断伸展。“出入”的脉络，似是隐在出嫁、出仕、出家等（均可以“出门”一语囊括）事件之中。

《红楼梦》寓意结构的主脉是“真假”。其中有真假宝玉人魂并现的情节——“真”（甄）宝玉缅怀自己南京的家园，“假”（贾）宝玉在京中真真假假的梦幻——似乎是一种明显的游戏笔墨，甚至可贬为俗气的噱头。然而，仔细分辨一下，可以看出作者是在认真地对待其中的哲理的，因为他以“真假”情节开场而逗出全书的寓意，实在是经过一番苦心策划的。书中不仅用长达两回之多的篇幅写甄士隐和贾雨村判然有别的闲居、仕途生活，凸现他俩的一真一假、你上我下的情事，组织“真假”脉络（第一回中关于“时飞”的注脚，透露作者的意图尤为清晰），而且，后文不时地拨出贾雨村来，与开篇遥相呼应（高鹗也在末回安排了甄贾的重逢，使故事首尾衔接）。作者还设计了一个远居南国的甄宝玉，他若隐若现，似有似无，只是从亲友口中才知道他的存在。曹雪芹尽量避免写两个宝玉直接晤面（起码前八十回是如此），而高鹗却为他们安排了一个戏剧性的（即使是缺乏说服力的）冰炭不相投的聚会。无论人们的评价如何，这两种处理手法，是引人注目的。

阐发“真假”脉络中的寓意，是一个极其棘手的问题。如果说《红楼梦》的“真假”描写，只不过是道出了工笔画般的大观园行乐图之虚幻，然后便是宝玉出走，寻找人生“真正”的归宿，那就似乎把问题看得太寻常了。我认为，曹雪芹将“真假”概念插入故事情节——通过刻画甄、贾二氏及“真假”宝玉，通过整个写实的姿态——而扩大读者的视野，使其看到真与假是人生经验中互相补充、并非辩证对抗的两个方面。“太虚幻境”的坊联“假作真时真亦假，无为有处有还无”，毋宁说是含蕴着这一意思的；而《好了歌注解》中“你方唱罢我登场”一句，更可以说暗示着二元取代的关系。这样解释，似乎才符合赖以精心结撰全书的补衬手法，事实上，不少传统评论家也力主此说。

“真假”（或“虚实”）关联的意义，同样渗透在由书名和背景突现出来的“梦醒”的关联之中。人们历来强调两者隐奥的关系，从不认为彼此只是单纯的对立。在《西游记》中，写实文字的或真或假，是通过现实和仙境两个层面的交错而体现出来的。《红楼梦》中“虚实”的错叠，则在第三回之后，体现在叙事笔调的一系列变化上——由神话故事到梦境、说教、仕途经济、第三者的讲述等等。因此，人生的现实社会（醒世）与神秘的梦中之境交织在一起，借以防止读者由于长时间阅读而忘却了“梦醒”的互相替代。很多地方出现了带有神秘色彩的插曲，例如第一、第五、第十二、第二十

五、第七十五、第九十四、第九十五、第九十八、第一百〇一、第一百〇八、第一百十六和第一百二十回等等。在第十二回，作者以贾瑞的“风月宝鉴”入木三分地寓托着自己对人生两种经验的认识。脂砚斋等传统评论家，特别喜欢以风月宝鉴的双重形象，言为小说本身双重意义的范型：一面是日常的客观现实，一面是对等而又相反的隐蔽的人生。在解释“真假”交错的意义的同时，我们必须重申，其中的要义并不是简单的“人生如梦”，甚至不是有与无的等同，而是对立二元的互相扶持。

“二元补衬”布局的意象，一旦与标记人物禀赋运命的五行相生模式发生联系，便益加寓意化了。黛玉属“木”，宝钗属“金”，可由她们的姓氏察见：“林”是“双木”，而“薛”与“雪”谐音。书中无数细节也都据此而产生了寓意，例如，黛玉本由绛珠仙草幻化而来，她的居所名为“潇湘馆”，并一再与落红、残灰结缘；宝钗则常常与“白”相关，还曾以冷香丸入药；等等。第五回宝玉梦游太虚境时，见到“玉带林中挂，金簪雪里埋”一联诗，明指黛玉、宝钗无疑。这些女子自己也明白这一点，例如第二十八回，黛玉尖刻地说：

“比不得宝姑娘什么金呀玉呀的，我们不过是个草木人儿罢了。”传统的评论家对此自然不会漏评，脂砚斋就曾强调，这是“大关节”和“书中正眼”。

正如《西游记》里的孙悟空和猪八戒那样，黛玉和宝钗明显不同的性格也基本上与五行特点一致，前者像春天一般纵情，后者似冷秋一般自持。第六十五回里，兴儿有一句褒贬的话，即幽默地暗示此义，她说：“……是怕这气儿大了，吹倒了林姑娘；气儿暖了，又吹化了薛姑娘。”不过，仍如《西游记》，只有将五行中诸因素一并考虑，特别是想到宝玉属“土”（与“石”和“玉”皆有关），才能更充分地看出其中的含义。曹雪芹一方面借用“木石”之间、“金玉”之间潜在的影响来穿织小说的主要情节，一方面又竭力暗示“金木”之间也有隐蔽的联系。那么，“金木”的联系表现在哪里呢？黛玉代表春天，直接关涉到自己春去秋来的枯萎（如葬花等），而宝钗反于其时获得阳春之孕，有月桂复盈之象；并且，两人春暖秋寒般的激烈交锋只是在早些时候，后来便言归于好，结为金兰，共同在大观园里消磨着漫长的岁月。另外，她们还有相似的际遇，同为贾府的外孙女辈，皆有非凡的诗才，两人又几乎同时投奔贾府……这些都是作者运用寓意手法构筑情节的显证。

五行因素的关联还不止于此。作者令王熙凤属火，位南，具有泼辣、红热的性属；写史湘云则与她形成对照。湘云名中有“水”，位北。有趣的是，《西游记》和《红楼梦》都在“木”“金”上着力，其他因素并未充分展现。这大抵是作者们觉得不必平均用墨，只要充分点明整个体系的循环就可以了。在这方面，曹雪芹十分注意以四时的细节来丰富广阔的生活画面，不只是为故事设置背景，结果充实了关于五行的多项周旋的模式。

我们对此还需问个明白，曹雪芹把书外的哲理模式嵌入小说描写，是有意证实一种先入之见的结构呢，还是仅仅成了虚假的哲理遮掩？换言之，阴阳五行那种暗示性的运用是否提高了对人生本质的理性认识？传统评论家乞借道家学说或启蒙（initiation）观念来解释这部小说的深蕴时，是念兹在兹的。《红楼梦》选择园林题旨作为中心，与西方许多寓言巨作以“安乐居所”（locus amoenus）为中心，有着惊人的相似。这是寓意研究特别有趣的地方。两个传统均描写幽僻的人间乐园的缩景，具体说来，是体现丰富多彩的人世间的一种尝试。但是园林寓意的要旨，东西方则由所不同。西方注重真假乐园的区别，或者上帝安排得井然有序的世界与造物主的天国之间的区别；中国注重宇宙和个人在自成一体的生活背景上融合。这种不同标明，从同一特定的环境中可以推演出不同的哲理。

我们已经注意到“出入”（也可以加上“盈虚”）之于大观园的运用，如果以形形色色的关于自足园林的写实为据，论断墙外万象纷呈的自足世界，恐怕亦不为谬误。事实上，“大观”一词在中国传统作品里屡见不鲜，通常被用来表示一种扩大的（即使不是全部的）视野。脂砚斋的名言：“玉原非大观者也”，可为一证。清代晶三芦月草舍居士发展了这一看法，他对大观园的解释说得更妙：“又显寓万物所归之义，要知其盈万物者乃其空万物者也。”[①] 须臾人生的表面冲突，正是在这种包罗万物变化的系统内，才能说是达到了一种中庸之美（起码是平衡）的状态。结果，骤观之下，钗黛之间，社会责任和个人修身之间以及爱情与死亡之间那种几近辩证对立的东西，宛如两个互补共济的投梭，在单一的人生观基础上往复不停地摆动着。我认为，也正是在这

① 见一粟《红楼梦卷》，中华书局，1963 年版，125 页。

里，大观园才有寓意可言。

大观园既寓含着万物富足之义，同时也暗示人生的无常（第四十九回和第五十回呈鼎盛之状，而第七十回至八十回则衰象已露，到了后四十回家道反而又告复兴），这就是从大观园本身看到的哲理。恰似四时轮转之必有秋冬、生命更代之必有衰亡那样，构筑《红楼梦》情节的循环模式也包含这万象富足的内容，但这种富足已超出字面上的意义了。换言之，我们所目睹的，不是关于名门望族的兴衰荣枯或者命运不济的恋人们聚合离散的直线过程，而是首先超越任何逻辑意义的交错、循环的变化。这样，后四十回续书那种依照传统的处理——为小说套上了大团圆的结局，尽管招致不少批评，却也实在符合整个情节的发展趋势，是循环圈的最后一个组成部分。

这种“小我”与“大观”的基本区别，也可以解释另一关键寓意因素——“情”，包括人类的共同感情以及个人经验中的种种情绪。评论家罕有不以“情”字为秦可卿释名者，脂砚斋的评点更是出奇，竟把黛玉叫作“情情”，宝玉叫作“情不情”。实际上，人们可以说，《红楼梦》的全部描写主要用来探索人生中的

“情”（即所谓的“喜、怒、哀、乐”）这一具体经验的。既然小说情节侧重“情”字，书中又常常明征暗引极言痴情的晚明剧本《牡丹亭》，读者则容易从次要的方面把它理解为儿女之情。但是我以为，《红楼梦》的整个描写，特别是通过大观园的人物而寓意化了的整个人生观，需要更开阔的视野来放置“情”的位置。具体说来，作者是将个人实际的感情归纳为抽象的哲学思想——如“性”“理”——的补衬和平衡之中的。脂砚斋说：“谁为独寄兴于一情字耶？”起码暗示了这种可能。《红楼梦》从未明显地交代过“性”“理”二字的重要（尽管第二十一回、第二十二回讨论庄子，第八十七回讨论禅机时，牵涉到这一问题），但是，书中不断讲到人的感情应与其他方面平衡，放纵无节就自“情”入“淫”。在一些关键的地方，作者还暗示，任何过分的感情，无论是否涉及色欲，一概可谓之“淫”。其要害不是鼓励灭欲或禁欲，而是说明单独以“情”对待世界，必然引起失却平衡的危险。

以如上述，“二元补衬”与其说是一种定义，不如说是一种关联，任何相对的两个因素都能适应这一模式。所以，“情”“性”的互补终于雷同于释家“色”

“空”的共济，《金瓶梅》和《西游记》即有类似的中心寓意。人们也许认为，这几部巨著的作者都是主张“万事皆空”的，因为宝玉最后识破红尘而遁入空门，玄奘及其弟子也历尽千辛万苦而“修成正果”。不过，作者们既然都以补衬交替作为叙事原则，那么，抽象的“情”“性”也可能含有同样的联系。无论如何，《红楼梦》第一回已将它们的关系扩而大之了：“因空见色，由色生情，传情入色，自色悟空。”

综上所述，寓意问题是奇书文体的人物塑造和设定主题的重要写法之一。研究奇书文体而不研究寓意，则如入宝山而空回。明清的评点家们，曾在这方面作过相当重要的贡献，而今天我们用比较文学的眼光作重新的研究和整理，仍然不妨从此途径入手，去寻找新的发现。本章所列举的，只是这个问题的要点而已。

第六章
奇书文体与明清思想史通观

一　奇书文体与宋明理学

在上面各章里，我们分析了奇书文体的结构、修辞和寓意，本章则要研究文学与思想史之间的关系，具体地说，也就是奇书文体与宋明理学之间的微妙而复杂的关系。在研究中，我们已经发现奇书文体有刻意改写素材的惯例，在某些场合下甚至对素材作戏谑性的翻版处理，不再单纯地复述原故事的底本，而注入了一层富有反讽色彩的脱离感。这类惯例促使我们回到一个困扰已久的问题——奇书文体作为一个文化意义上的叙事整体，究竟要通过反讽和寓意曲折地表达什么样的潜在本义？

本章将以宋明理学为出发点，来探讨这个问题。不熟悉明末所谓“三教合一”的文化思潮的读者，可能会对“儒学”的提法产生误解：《金瓶梅》大力倡言的道德教训，都是以不容置疑的佛教思想来表达的。几乎所有的《西游记》注家都根据释道二氏的真谛，来评释书中的本意。《水浒传》与众不同，它给许多读者的印象是，这部小说根本没有任何自成体系的思想内容。《三国演义》写的虽然是儒家所津津乐道的经世问题，但我们显然不能简单化到把《三国演义》看成是一部囿于儒家思想的作品。读者会问，既然如此，读四大奇书的时候，我们为什么要大力强调宋明理学的思想影响呢?

我始终坚持认为，奇书文体应该视为是晚明士大夫文化的产物，尽管它们都源自早先的故事素材，但对通俗叙事素材作反讽的改写，正是文人小说作为一种新兴文体的核心课题。中国明代名士的文人思想境界有一个重要特征：即是所谓的“折中论”。三教合一就是这种折中论的一种表现。以《四书》为中心的宋明理学，英语译之为 Neo-confucianism，织成了一幅能兼容佛、道思想的大经纬。这种“新儒学”，就广义而言，贯穿了从宋到清的整部中国思想史。在这样的兼容性思想背景下，儒家思想相对于佛、道而言，居于中心的地位。

我们强调儒家思想在晚明的士大夫文化的各种观念中占有核心的地位，首先必须澄清“儒家”这个概念在中国小说研究中的含义。显然，奇书文体所注重描写的并不是名副其实的儒家生活方式，诸如科举制度、官场内幕、训诂经学、琴棋书画等等举业和雅艺。不像在后来不少清代二、三流的小说中那样，这类主题占据了的核心地位。在奇书文体中，最接近这一视野的是《儒林外史》和《三国演义》。前者是一部以科举为讽刺对象的杰作。后者则是一部地地道道的涉及经世学问的书，说得更精确些，是一部描述在混乱的时代中王朝如何崩溃的书。《水浒》三十六人聚啸水泊、纵横天下的义举，可以理解为是《三国演义》的一个影子。至于《金瓶梅》，则刻意造出个人小天地的垮台与整个王朝大天下的崩溃之间的互相对射，接触到了国家大事的边缘，但我们并不能因此就说经世问题是奇书文体的核心问题。①

在一个略为抽象的层次上，我们对奇书文体如何运

---

① 我们也注意到奇书文体与史实有或多或少的相交之处。不仅《三国演义》和《水浒传》是如此，就连《金瓶梅》也无不如此，它设法在北宋垂亡的背景下，以外省的一个死水一潭的小城为背景，造作出一个纯属虚构的浮浪子弟的故事。

用儒家的思想论点，来处理具体的伦理价值的问题，可以作进一步的探讨。《三国演义》和《水浒传》都围绕着如何在现世中，对“忠”和“义”的观念重下定义。《金瓶梅》中有“孝”的主题，处处刻意点出对人伦纲常的漫画性的讽刺。《三国演义》和《水浒传》里的“孝”的问题，主要是围绕着私义和公义——尤其是做孝子还是作忠臣之类的定型矛盾——而展开的。《金瓶梅》却有独特的处理角度，它的思想中枢，在于把孝悌这一正常的克己心态，逆向转化为一种目无君父、专崇自我满足的风尚。因此，乱伦、无后、大不肖等等主题接踵而来，不仅显示了西门庆内闱的一团糟，也揭示了家运和国运迟早会同归于尽的祸根和病源。《西游记》其实也暗中大量留意于孝道的主题，而绝不是一部纯粹描写几个行脚僧的远游的冒险故事。由此可见，四大奇书与忠孝节义的儒家意义形态之间的关系，始终若隐若现。奇书文体的若干关节处——如《水浒传》中的“入井”，《西游记》中的“履冰”，《金瓶梅》里所谓的“援嫂”等情节——明眼人一望便知是暗射四书五经的出处。从某种意义上说，李逵和潘金莲的黑暗冲动，看来是对天性凶暴和淫荡的直截了当的揭露，其实并没有超出“性本善”和“性本恶”的儒家经典争论的范畴。当然，这种隐含的微言大义，没有发展到进行公开哲学讨论的地步。同样惹人注目的是奇书文体中也缺乏充斥于晚明戏文和拟话本里的那种特意描述“情”与“理”的常见冲突场面，更谈不上在这里追寻16世纪书院内关于程朱理学与陆王“心学”的各种专题争鸣了。

我认为这些特定的儒学争端之所以值得我们注意，是因为四大奇书广泛地反映了修心修身这一儒学的核心概念。“修身”是宋儒大家从《四书》中摘出来的整个理学思想的纲领，进而把它演绎成新儒学的核心问题。《四书》中的某些程式化的信条，有助于我们进一步把握奇书文体的若干隐含的意义层次。我用以阐释《金瓶梅》本文的儒家教义，是《大学》的首章，特别是“不齐其家”一语，它可以为颠倒修身工夫的西门庆一家作一实例的注脚。从此出发，我们可以进一步阐明，各部奇书都从各自的侧面反映了自我修养这一正统观念。根据《大学》首章，人生至高的境界是“修身齐家治国平天下”。奇书文体反其道而行之，把个人和家庭层次的腐化堕落推及社会和国家的层次。《西游记》的重点集中于人心，在解释《西游记》中的深层寓意时，我不得不回过头来，考查它在“正其心”和“诚其意”方面的含义。我们看到，正如该作品所隐喻的，取经达悟路上的主要拦路虎，以内心潜伏的危机居多，而外部障碍倒在其次。作者常常使用“炼丹”“定心猿”“成正果”等表面看来并非儒家的术语，来表达这种心理内战，其实它依然溯源于“求其放心”的孟子名言，点出了书中的本义，甚至还把各门外道功夫的形象兼收并蓄在晚明“心学”的范围内。这种关注内心作用的探究显然以《西游记》一书最为切题，但其他三部奇书也多少对此有所涉及。《金瓶梅》主要关注一户人家的小天地的生活，种种放纵的外部有害力量，都是围绕齐家的中心而展开。《水浒传》兼及社会的动乱，在政治和军事的领域里，从小规模骚动逐步升级，达到全国范围的“乱天下”的地步，可以被视为是“不治其国”之弊。《三国演义》里各种政治力量的冲突已上升到改朝换代的最高层次——作品中的许多说教内容都表现在借助汉室的正统以求天下大治的高调措辞里——这里的中心问题，已提高了乘幂的一次方，即人们不妨把这部小说理解为是一部探讨“不平天下”之失的“忧患”之书。

二　《西游记》——“不正其心不诚其意”

我们说，《西游记》与其说是一部写“天路历程”的书，还不如说是一部写“心路历程”的书。西行途中，九九八十一难历遍的诸魔，也可以理解为并非实有其魔，不过是所谓“心生种种魔生、心灭种种魔灭”的寓言写照罢了。

《西游记》关于“心”的比喻，散见于全书各处，取经首途所遇的“六贼”，第五十八回的“六耳猕猴”，第六十二回至第六十三回的“九头驸马”都是“喻人心之头绪多也”的例子。当然更不用说，孙悟空被称为“心猿”的显而易见的意义了。这里就牵涉到一个广义上的“执心”问题。对于“执心”有碍于参禅的看法，许多评注家都曾强调过，认为它是皈依佛门的主要障碍之一，连唐僧的不合时宜的慈悲心也包括在内。无怪乎，张书绅常常引用“物欲”这个儒家概念来评注这些片段[1]，甚至说“《西游记》当名遏欲传”。[2]

---

① 见《〈西游记〉资料汇编》，226 页。

② 同上书，224 页。

在讨论了明心成佛路上的种种障碍物以后，我们要进而讨论取经师徒在寓意性的取经过程中，是如何对付并克服这类障碍的。首先，我们必须重新考虑故事中西天之行的大体方向和进度。如前所述，组成小说的大多数情节都可概括为一个处处重复的模式，先是师徒们在路上优哉游哉，得意非常。因为他们刚刚闯过了先前的那道险恶的关口，可是这种平静不能保持很久，又被饥饿寒冷等困难所打破，就是在这种意义的波澜中，冒出了下一个妖怪。妖怪经过一次或数次费尽心机的偷袭，又将唐僧劫到魔窟中。通常，孙悟空虽有火眼金睛，可以找出魔窟的所在，但并不能一下子就破除魔力。在大多数的情况下，他都要靠寻找外力的援助，才能够最后降服精怪。而魔障解释的重要一环是妖魔的“现本相”，也就是所谓“心灭种种魔灭”的境界。

西天取经的完成究竟应看作是一个逐渐积累功德的过程，还是刹那间的立地成佛？这映照了禅宗的渐悟和顿悟之争的问题。其中的关键也是“修心”。从这点出发，取经在开头和结尾都遇上一模一样的障碍。这一事实推翻了西天之行的表面进程，它使人产生了这样的想法，即这一虚幻进程的本身，也许就是修行成佛的最大障碍物。至少，这一想法会有助于我们理解小说中的一个主题，即西行的终极目标并不在于得到道路尽头的可疑经卷，而在于漫漫长路本身。台湾学者陈敦甫独具慧眼地把“经”这个词注释为“径”，就贴切地表达了这一观点。①

“正心”和“诚意”程式的最好例子，见于对“放心”这个观念的运用。“放心”的概念，在《西游记》中直截了当地被编入两个关键的情节单元之中，先是第二十七回至第三十一回，后又在第五十六回至第五十八回出现，这两个情节中都“放”了心猿。两个事件带来的“无心”状态所造成的危机，提出了关于意识的同一理论问题，由于认错对象的慈悲心和自负的矛盾心理，出现了心绪散乱现象。作者造作设计的这两个情节的原意是为了提供一个能体现理学修心概念的寓意范例，它基于孟子对真正“学问”所下的“求其放心”的定义。其次，“定心”的说法也与此有关。除了第七回里定心猿这一突出范例之外，“定心”这个术语在小说中并不常见。然而，包含“定”这个字的其他词语在正文中却屡见不鲜，其中最重要的是“定性”，用“性”替换了

① 见陈敦甫《西游记释义》，全真教出版社，1976年版。

“心”字。我们知道，这两个字在文言文中意义紧连，在许多上下文里几乎可以调换使用。而这种意义的连锁一旦成立，那么下列的细节，如孙悟空在第三回里得到本为大禹治水时的“定子”的如意金箍棒和第二十八回唐僧被绑在“定魂柱”上，以及小说中好几处“定风”的情节等等，就都被赋予了特殊的意义。同时，有一系列含义相同的术语在小说及其评注中表达类似的观念。它们有“宁心”“静心”“安心”“治心”“降心”“存心”和“放心”等等。《西游记》对安定心绪的重要性如此始终如一的强调，与当时晚明“心学”的主张静坐不无关系。

我在上文讨论的焦点，以修身观念作为理解《西游记》寓意的轴心。我在这里要进一步强调，理解《西游记》还有赖于对自我的概念的深入分析。根据理学的修身概念，“心”与“身”都相会在“自我”这个综合的范畴之中。这样，表面上的矛盾就可以迎刃而解了。传统评注家们并没有忽略“自我”的意义模式。例如，李卓吾对第七回孙悟空翻不出如来佛的手掌心一节评道“究竟跳不出自在圈子”。这种把修道正果与自我根基有机联系在一起的观念，实际上正是晚明文人结合当时的思潮，对《四书》“正心诚意”的正解。

三 《金瓶梅》——“不修其身不齐其家”

我相信，我们可以把《金瓶梅》这部卷帙浩繁的小说理解成对新儒学的修身理想的一个翻案的倒影。事实上，它是一部意存模仿的戏谑作品。从这一观念出发，我们就能理解为什么西门庆的小天地里，有那么多的“毛病”。正是在儒家思想至关紧要的“齐家”问题上——无论是在“知”的方面，还是在“行”的方面——西门家都违反了《四书》的核心教导。

为了要详细讨论，小说如何在儒家的修身观念问题上大作翻案文章，最简便的办法，莫过于把分析集中在《四书》的本文——尤其是《大学》的有关段落——之上。我们知道《大学》首章的纲目是以个人内在的“自我”为轴心，用一整套圆周式逐步向外扩展的整齐程式，来表达维系个人和天下秩序的行为典范。

《大学》云：“格物而后知致，知致而后意诚，意诚而后心正，心正而后身修，身修而后家齐，家齐而后国治，国治而后天下平。”这里，我试图把西门庆违反

“齐其家”的古训，与他在修身系统的其他各个相应层次上的“乱常”行为联系起来。而这个修身系统的中心就是“心”。虽然，从文字的章句看，“心”并不处在上述程式的中间位置，但它所表示的个人意识却是人生修义开头三个层次的关键所在。每一位《金瓶梅》的读者都了解，小说的叙述重心偏重于肉体——酒、色、财、气——而不是心灵的经验。晚明的思想界强调“心”是修养的出发点，《金瓶梅》第一回在一段“看官听说”的插文中提醒我们“世上唯有人心最歹”之后，随后字里行间的无数描写都认定，心是损身冲动的关键所在，用了“心邪”“心毒”“心邪”或“心上欲火”等字眼来强调此意。既然“心”的“邪”“毒”和“欲火”都是轴心问题，那么书中诸佳丽对西门庆的性笼络也就被自然地解释为“牢笼汉子心”。

正是由于西门庆“不正其心”，才使《大学》这架阶梯的各个梯级出现了大的混乱。继续沿着这条思路前进，现在我们可以在个人品德的意义上，考虑西门庆在“修身”方面所出现的相应紊乱了。小说对西门庆在这方面的败行，提供了大量事实。其中最主要的是他不但缺乏孔孟名教的学问，而且是个半文盲。另外许多评论，也都奚落他的不失“市井”本色。暂时跳过“齐其家”这一层次，我们看到西门庆同样恶劣的个人品性也在他买官鬻爵一事上反映出来。这里，西门庆的“治其国”的“大业”也是一团糟，大半时间里，他根本不去办公，把公务完全丢给一班欺上瞒下的下属去处理。作为一名提刑官，他所从事的主要是“损下益上”的工作。这个词语在小说正文中反复出现，在张竹坡的评论里也随处可见。

把西门庆个人的升降与帝国天下的盛衰刻意交织在一起的意象，在许多章节里都被直截了当地一语道破。在那些章节里，常常把西门庆与整个天下统治者的形象，用各种隐喻的方式互相比拟。那就是说，西门庆是“天朝”君主的替身。西门庆所做的表演，说实在是不敢恭维，他没有能够作一个微型统治者的模范，却担任了一个“昏君”的角色。然而，作这样类比的目的到底是什么呢？显然我们不能真的这么说，西门庆在他自己小天地里表现出来的败德恶行，应对整个天下的分崩离析负责，因为它并没有给清河县以外的广大民众造成痛苦。但是我相信，作者利用虚构的叙述媒介所要表达的，正是自我与天下纲纪互相关联着的儒家观念，它既是《大学》贯穿全篇的核心思想之一，也是宋明时代的理学家不厌其烦地反复宣传的思想。根据这一观点，皇帝的一言一行是整个天下层构体制的拱顶石，皇帝一旦有失于履行他的职能，整幢帝国大厦就要坍塌下来，就如小说中反复述说的"上梁不正下梁歪"。

把西门庆认定为一个末代昏君形象的惯例描写，给研读小说的古今学者开辟了一条批评的途径。至少张竹坡似乎在好几处暗示过，认为应做这样的解释。近代许多评论家都认为，对小说做这样的研读，就会联想到万历帝的过度放纵，特别是这位刚愎自用的君主宠郑贵妃的丑闻。

回头再看"齐其家"的理想，我们就会发现一种权威丧尽的相似情景。事实上，整部小说的很多地方可以当作上引的那段《大学》卷首语的注释来读。鉴于"齐家"对天上人间的和谐有着如此强烈的模范意义，西门庆在故事进程中不断播撒种子，到头来却落得个断子绝孙下场，正中了"不孝有三，无后为大"的格言，无疑是颇有深意的。"断后"和"乱伦"始终是《金瓶梅》的关键问题，这是对正常的人伦为害最烈的颠倒。在《大学》范例的各个层次上，《金瓶梅》都发生了

“乱”，通过对这一概念的再三强调，我们就不难看出，“乱伦”这一词语实际上是总结了小说在各方面的紊乱。

四 《水浒传》——“不治其国”

如果把《西游记》的重心视为“正心诚意”，把《金瓶梅》的关注看作“修身齐家”，那么，《水浒传》的焦点就显然是“治国”。首先，我们应该回顾一下小说的整体结构所采取的空间图案，它从穷乡僻壤的梁山水泊写起，然后逐渐向四面八方扩张，直至大天下的活动范围。正如《金瓶梅》的情况那样，《水浒传》的布局法也是以水浒山寨为骨架的小天地与儒家观念中的大天下构成鲜明的对照。

在这种布局之中，山寨之主，等于是一国之君，宋江不啻为一个小型皇帝。第五十九回晁盖去世后，众人劝宋江登位的理由是“国不可一日无君”，梁山泊“替天行道”的口号，也暗有取皇帝而代之的味道。繁本《水浒传》的书名，前面加上“忠义”二字，我认为绝非偶然，它反映了作者认为这两个儒家的术语是诠释小说的关键。因此，改“聚义厅”为“忠义堂”也不是泛泛之笔。

“义”，在中国古代，其实是一个社会性的问题，与“治国”之术紧密相关。《水浒传》第二十一回朱仝“义释”宋江，与《三国演义》第五十回关羽“义释”曹操有异曲同工之妙，既构成了文本间的对称关系，也在无形中告诉我们，“义”在中国古代政治生活中的伦理作用。这里朱仝形似关羽，两人都是“美髯公”，当然不是偶然的巧合，而是精心结构的文际关系。通过这一文际关系，作者进一步把宋江与曹操放到了对等的地位上。参照小说中宋江第一把交椅的地位，作者的意图就更为明显了。后文的宋江“义释”双枪将董平，则是儒家观念政治化的又一例子。

“忠”在儒家的思想体系里，反映了一个“精忠报国”的命题。“成则为王败则为寇”，从一个侧面描绘了“处江湖之远”的“绿林”，与“居庙堂之高”的“朝廷”之间，围绕着“忠”的概念的微妙关系。《水浒传》有深心寄托于儒家的经世思想，这就是为什么历代的读者中，既有人把它解释为是一部攻击盗匪的书，又有人把它解释为一部反对“投降主义”的书。及至梁山泊的活动范围扩展到大天下的规模时，《水浒传》的作者就开始对“忠义”二字做出超越单纯的伦理解释，而提高到更加抽象的“治乱”这一儒家经世理论的范畴上来进行推敲。

从此出发，我们可以进一步理解，为什么还在金圣叹以前，晚明的一些批评家已经开始认为《水浒传》是一部严肃的小说，而不只是一部有趣的英雄冒险故事而已。例如天都外臣的序文，认为小说中的人物范型，虽然可能与正史列传中的人物拥有同样的教训意义，但梁山泊诸公与历史上的真英雄比起来，其实是并不及格的。[①] 李卓吾的序文认为，《水浒传》可与司马迁的不朽巨著比美，乃是“发愤之作”，同探历史兴亡之源。[②] 另一篇署名怀林的序文对小说的原意作了更为斟酌的评价：“玩世之词十七，持世之语十三。然玩世处亦俱持世心肠也”，均是值得我们玩味的批评。[③]

---

① 见朱一玄、刘毓忱编《水浒传资料汇编》，百花文艺出版社，1981 年版，187—190 页。

② 同上书，192 页。

③ 同上书，208 页。

五　《三国演义》——“不平天下”

几乎每一篇明、清版的《三国演义》序文，都认为该书的作者借小说以传达“治国平天下”之术。“国”与“天下”在概念上的区分，至少可以追溯到周代的封建，而战国的离乱和秦人的统一车书更反映了中国历史的一个重要特征，即乱世诸侯各治其国，最后由圣主一统天下。所谓“逐鹿中原鹿死谁手”，即此意也。

《三国演义》书中寓意的第一个有待探讨的重要领域，涉及历史进程的总概念。小说对朝代兴亡的循环概念，表现出重大的兴趣。我们在小说中读到的历史进程的描写，却比单纯的轮流改朝换代要复杂得多，虽然，小说开篇的形势正符合朝代循环的通俗说法，流露出一个朝代在衰亡之际的种种惯例症状，如昏君、自然灾害、不祥之兆、农民起义等等，并且明显地暗示出问题并不是“复兴汉室”，而是另创新朝。

一旦小说的视野从大天下缩小到三个独立的“王国”时，我们就能分别在每一王国中追溯到一种微循环，各自经历二三代王朝的常规历程，而最后覆灭。在朝代循环说所体现的历史发展的大的轮廓内，我们能够察觉出小说特别提出的某些具体的历史问题。例如，继承汉室正统的问题，就不仅仅是两个主要竞争者究竟谁是谁非的问题，而牵涉到关于传统帝制中基本理论的假设。尽管《三国演义》基本上同情蜀汉，但我们已看到《三国演义》对刘备和曹操的描写还不像通俗文化中那样，把曹、刘之争归结为“汉、贼不两立”。《三国演义》的观点远为复杂。一方面，尽管《三国演义》对刘备颇多微讽，但他标榜自己是“汉室之胄”，却不无几分令人信服的道理。另一方面，曹操则在作品中被描绘成是更出色的治世之才，就连他那“挟天子以令诸侯”的立场，也使他赢得很大的尊重。但无可否认的是小说中构思的曹操形象，更接近于“霸主”的观念，而不像是正统的君主。

《三国演义》关于“天下”问题的讨论的精彩之处，又在于对孙权的描写。作为争夺天下的第三个主要阵营，东吴并不侈谈正统，作为争权的依据，而是毫无羞涩地仰仗强权政治。这就给小说中某些人物宣称的所谓“天下者，非一人之天下”的观念加深了意义，我们已看到在不少地方，这种辩论都富有特殊的反讽意味。

这种对有关治世权力的儒家概念进行的反讽颠覆，在作品临结尾处多次清晰地表现出来，如第一百十九回里司马炎指着曹奂为自己篡权辩护说，曹操也是靠篡夺汉天下而起家的。《三国演义》关于“天下”的讨论，也表现在它的治世权力的讨论的另一个方面，即所谓“一统”和“偏安”的问题，联系到中国历史上多次出现的南北对峙局面，这种讨论的意义是相当地意味深长。

《三国演义》中描写的“十常侍”和东汉的“党锢之祸”，在毛宗岗看来并非等闲笔墨。它与明代的政治党社和宦官专政有极微妙的关系。《三国演义》中对“正统”问题的专注，也可能是在影射永乐朝以降的明代的政治现实。至于东汉末年的黄巾起义，与明际的白莲教起义之间的类同，更显而易见，决不容忽视。在上文中，我们从各个角度讨论了《三国演义》对“平天下”问题的直接讨论，现在我们要进一步观察，在《三国演义》中，“平天下”是如何与“修身齐家”等先置环节联系起来的。《金瓶梅》中的“四贪词”也许在某种意义上，正是《三国演义》中众英雄失败的原因。酒：《三国演义》的人物中败于酒者，不乏其人。张飞失徐州，吕布就擒，不胜枚举。色：《三国演义》的人物失于色者，也有很多的例子，刘琦荒淫自戕的例子，他的最终丧生明明与沉迷女色有关。而蜀汉刘禅和东吴孙皓的丧失帝业的事例，当然更能说明问题。至于“财”，《三国演义》中表面上没有任何人为了钱财而出卖事业的重大事例，但是如果把它理解为一般性的贪婪，则例子极多。“得陇望蜀”这个成语的由来，就与小说的情节有特殊的联系。说到“气”，《三国演义》中，“某某大怒”的例子举不胜举，而第九十三回“武乡侯骂死王郎”，就是一个生动的好例子。

修身齐家治国平天下的图式，在《三国演义》里的反映，不仅于此，上文所述，仅是一个提纲挈领的大要而已。

六 结 语

明代四大奇书的通比，使我们看到，众多的关键情节都表现出一种因动心而失常或失控的倾向，这种倾向可以名之为“乱”。在某种意义上说，这种现象也许可以作为理解中国叙事传统惯例写法的一把钥匙。不过在明代思想的背景中，它表现得更为突出罢了。具有典型意义的是，这种“乱”的问题，在上述几部小说的虚构范围内，或多或少地变形为过度自我放纵的事例。这也许能帮助说明，“四贪”这个简单的公式为什么能根据如此众多的叙事变迁。《金瓶梅》自然是把过度沉湎于酒、色、财、气这四种灾祸一事演绎得最为淋漓尽致。在《西游记》里，我们也注意到，除了各种形式的“多心”现象（最明显地表现在恐惧、烦恼和怒气上）阻止了尚未大彻大悟的唐僧前进之外，有意外地多的场景将性诱惑，比拟作灵山取经这个引喻旅行中的最可怕的障碍。这部小说还表现了比肉欲本身更重要的“本性”——即毁灭性的自我放纵——问题。这些问题也完全适合于《水浒传》和《三国演义》那两部偏向于热闹行动的故事中的那种不羁的英勇行为和权力欲望的表现。这首尾两种“贪”在《水浒传》里也描绘得相当明白。《三国演义》也是如此，我们看到迷恋女色或其他形式的无度纵情享受，在一系列情节中似乎成为使曹操、刘备等大人物遭受重大挫折的潜在原因，所谓“温柔乡是英雄冢”之说，绝非无因。

这样，我们就走到了修身这一概念的反讽影射的层面之中。那种养成心身不乱的理想境界让位于退入利己独乐之园——无论它是以贪得无厌，还是以妄自尊大，或者过早求道等等各种不同的形式出现。自相矛盾的是有关这一问题的考虑偏偏受到了下述情况的阻碍：所有明代四大奇书虽然都在不同程度上看来都具有一种宏观的构思，或至少有那和以一套说教性的评价标准制约着人们对作品作任何可能的诠释。这种广义的模式通常都以佛家因果报应的概念表达出来。《水浒传》把这一层意思局限于小说开头部分的神话故事所包含的意旨，即放出一批灾星，预示一百〇八个好汉将成为人间或至少是腐败皇朝的祸患，作为某种天诛的匿迹使者。《三国演义》的这种果报框架结构，通过超自然力量和神秘人物的干预，给曹操等人的各种纵欲罪恶以应有惩罚，以劝善惩恶的正当美感表现出来。甚至诸葛亮也可以作如是观，他因狂妄自大，招致天神的妒忌，终于成为又一个牺牲品。《金瓶梅》的说教框架，无疑是以明确的投胎再生的图案精心编制的，它使洋洋洒洒的故事结构具有某种程度的连贯性。至于《西游记》中取经求道和度脱的框架，则正是贯穿故事首尾的情节主线。

不过，面对这些佛学的辩护之词，我们仍然强烈地感觉到，这并不是四大奇书的真谛。《水浒传》中因果报应的构思之不足信，是显而易见的，因为序幕里释放灾星的外框故事，与后面主体叙述部分的进展，前后不相关。《三国演义》的情况也是如此，小说中给人印象最深的天大恶行及其无情后果，都潜伏在按照政治及心理原动力的规律，对人们挣扎奋斗和失败所做的戏剧性描绘之中。《西游记》这出西天取经的度脱剧不断针砭其取经人的救世本领，使读者不会太认真地去看待小说中的说教劝善口吻。这种倾向在《金瓶梅》里走得更远，那从迷津失明转入明心尽兴的表面真谛，通过对前后一群未卜先知的释道真人的戏谑描绘而几乎被削弱殆尽，其一大例是那位胡僧赠送给西门庆的救命之药反而加速了后者自我毁灭的必然进程。为此，现代读者一般总是脱落《金瓶梅》全套说教外架，把它看作是一种——说得好听些，只是探讨的笔墨，说得难听些，就是色情文学——障眼法。

有些评论家试图把《金瓶梅》及另外三部小说中的说教方面看作是本质上具有美学意义而非宗教意义的程式，即一种文学体裁的格式特征，它能把松散的头绪收聚拢来，在情节上也添一层对称感和行文紧凑的美学效果。

这个问题体现在四大奇书主人公身上的一种特殊形式，就是一面有个人或集体欲望要求满足，另一面有外部环境套上去的局限，两者之间经常演出种种冲突场面。很多情况下，这表现为一种类似自由意志和宿命论拘束之间的抵触。《水浒传》在作品主体框架前放置一种拟神话性质的开场白，在传统中国小说的读者眼中是理所当然的东西，他们熟悉小说体裁常用的这种写法，乃是一个惯例格式的文体特征。但经过仔细推敲，我们就发现这一部分所包含的内容与小说主体部分很不相称，有关那些灾星的缘起神话与大多数读者的强烈印象不完全协调，他们对这群下凡亡魂的坎坷命运，一般说来怀着深切的同情。即使听从那些对梁山英雄吹毛求疵的明清评论家的意见，认为这是一部专述掌权者误入歧途的寓言传奇，我们仍必须承认，开篇假冒寓意的缘起并不足以解释，也未能充分发现小说后面的事情。

同样，在《三国演义》开头的历朝兴亡一览中，所谓“分久必合、合久必分”的无情交替循环，最终发展到了三国归晋的尾声。但这并不能减弱把个人自大和野心作为历史变化主要动力的叙述焦点。和《水浒传》一样，按此推断，我们又发现，在故事情节上有许多重大的逻辑矛盾之处。就连三国鼎立这个全书结构轴心的大势，也摆脱了循环必然性的简单程式，因为每一个“国”都要求占据改朝换代周期变化中的上升弧道。由于同样的原因，到司马炎最终身登权位时，我们发现这个“得胜者”的举止与其他皇位觊觎者的模式并没有什么不同，而那些人的短期“统一天下”总是为自己迅速灭亡种下祸根。

《金瓶梅》的情况也是如此。小说中过分简单化的因果报应程式，并没有回答西门庆一家的罪与罚的问题。诚然，西门庆的罪行得到可怕的惩罚，正如潘金莲、李瓶儿、陈经济和庞春梅的惩罚也适时地降临，都是罪有应得。但是，我们对最后月娘和刁滑的小童玳安掌握家务，重振西门庆的族业的描写，应作何解释呢？他们自己对西门庆的垮台也负有不少责任。就此事而言，孝哥这个在物质和精神上为家庭赎罪的角色究竟起何作用，也同样暧昧不清。他出世于西门庆骇人听闻的暴卒的时刻，使他有点像是由他父亲转世的，因而取名“孝哥”，就更带有切骨的讽刺意味。可是作者自己也否定了这种干净利落的解释，他在第一百回的最后一个幻象中安排西门庆在别处无缘无故地投了胎，结果孝哥就变成了一个没有个性的牺牲品，而不是救赎的工具。南宋偏安这一含蓄的类比也不能给小说结尾的意义做出满意的解释。如前所述，这种历史的类比赋予了小说一层重要意义，但这绝不是说，它已充分解答了故事结尾处西门庆家的小天地土崩瓦解的问题。

《西游记》篇首，观音菩萨庄严预告的“求道成果”总模式，赋予了故事以强烈的定命感。但这种感觉在很多地方遭到削弱。我们会问，为什么要让取经人在路上经受这么多的磨难？众所周知，孙悟空只要一个筋斗就可以翻到灵山取回经卷。出于神学和文学的必要性，取经人必须经过这次有寓意的旅程才能渐悟成佛。故事的末尾点出了企盼已久的经文原来却是无用的废物，却是一个大煞风景的笑话，也一语道破了问题的所在。

自相矛盾的是，正是这种因果关系本身，将故事重心转移到了人类行为的必然结果。这至少是在“谋事在人成事在天”这句诸葛亮的名言中所包含的观点。我在论述《三国演义》时已经说过，这句精辟的格言，把人力与天意置于同等重要的地位。由此观之，小说惯用因果框架的写法，也可以重新解释为，并不是典型的定命观，而只是坚意认为人类活动之境自有其远达天地的前后呼应的必然性。

我们在这里也许能看出四大奇书中反映的世界观与16世纪思想史之间的一种具体联系。这种现象表现在一系列学术和宗教活动中，从俗文化的善书直到文人名士的功过格。这种倾向在后一个世纪里更为夺目，尤其是亲身经历了明朝亡国创伤的那一代文人，但这种倾向在万历早期就已初露端倪了，那几十年里正是四大奇书的各种版本付梓和流通的时期。从最广义上说，酝酿出了明清文人对修身观念的修正理解，使四大奇书各自的整体写实构架化为一场烟花春梦。《水浒传》故事写梁山英雄始而大胜，终而零落。落幕时的几个幸存者的觉悟——不管是鲁达的顿悟，或是燕青的急流勇退——都给小说描述的全部英雄业绩抹上了反讽的色彩。

《三国演义》的结尾阶段带有极为相似的感觉：曹操、刘备、关羽、张飞等主角和一大批次要角色的自我毁灭行为，也都突出了万事皆空的主题。所以，毛宗岗要说，他的本子是以“空”字起、以“空”字结，书中天地都归空。《金瓶梅》说教性的结局，显得更加符合万事归空这一真谛。《西游记》中的虚无，即是解决一切问题的不二法门，也是明心见性的障碍。小说最后取得无字真经那一临别的戏笔，对于那些企盼已久的读者来说，也只能得出一种万事终归落空之感。

“色即是空，空即是色。”“色”与“空”的辩证关系，是明代四大奇书和清代《红楼梦》中的核心问题。从这种意义上说，奇书文体并没有简单地把“空”作为能解决一切有关“色”的难题的万应灵药。反之，每部作品在探索人生有因必有果和天地万事万物皆空这两者的界面时，都设法跨越现实和虚幻间的微妙界限。我在论及奇书文体中的儒学本意的范围时，所探讨的正是这类对现实世界中的人类行动的有条件肯定。明清奇书文体的作者和编纂者不必一定是当时最有深刻见解的思想家。在思想史的领域里，他们追随新儒学的思潮，与世沉浮，随波逐流。但与此同时，他们把世情物色编造成虚构空相的小说创作事业本身，使得这些作者对上述哲学问题享有入木三分的前锋视角，从原则上说，他们有权几乎随意操纵小说的结构，任情捏造开头和结尾并安排布局章法，使之符合于劝善惩恶的美感。当然，他们也无可否认地必受限于读者的审美期待的束缚。然而，如果奇书文体的反讽外表下含有任何严肃抱负的话，它们也许就部分地隐藏在我试图勾画的上述阐释里面。

第七章
不是结语的结语

自弘治（1488—1505）至万历（1573—1619）中期左右的一百多年间，即大约相当于16世纪的这段时间里，中国古典小说中最脍炙人口的四部小说开始以完整的形式流传于世。它们就是我们今天读到的“明代四大奇书”。从此，“奇书”作为文体，隐隐然成为中国古典长篇小说发展的最高范本，后来由于清代《儒林外史》和《红楼梦》的入围，使今天的文学史家进而形成所谓“六大古典小说”的提法。它们在中国小说史上享有鹤立鸡群的地位，已是一个不容置疑的事实。但是，作为一种新兴的散文虚构文体，它们的源头究竟在哪里——口头传统还是笔头传统——却是一个不能不详加讨论的问题。

由于小说在传统的中国文化里，是一种不登大雅之堂的“小道”，明清的学者，对于“奇书文体”只留下零零星星的印象式批评。但大多数传统读书的人从直感出发，倾向于认为奇书文体出自于文人之手，金圣叹把《水浒传》列为“天下才子必读书”之一，沈德符猜测《金瓶梅》出自明代“大名士”之手，很能代表当时知识界的一般看法。五四以来，胡适、鲁迅、郑振铎等人，开始用新的眼光来重新整理中国小说史料，由于当时特定的时代文化氛围，他们的研究结果形成了一种所谓“通俗文学说”。此说一反前人的说法，认为奇书文体主要承袭宋元说书艺术的余韵而得以成形，是在民间艺人代复一代的“集体创作”基础上的最后集大成之作，几十年来此说已经隐隐成为一种为文学批评界普遍接受的主流解释。

我的研究从上述的背景出发，同时从西方传统的汉学角度和新兴的比较文学角度入手，试图对这桩争论了几百年的学界公案提出一种个人的看法：奇书文体是文人小说，而绝非通俗文学。在本书的各章中，我已经详细地罗列了研究的所得，并解释了为什么我会从这些“所得”中得出“文人小说”的结论，唯一意犹未尽的则是关于文人小说在明清之际涌现的特殊文化历史背景问题。

本章拟就此再详加申论，聊以作为一个不是结论的结论。

一　从明代思想史的变迁看奇书文体的形成

对以明代四大奇书为代表的奇书文体，我在英文著作中，常常称之为“16 世纪中国小说”。显然，除了方便以外，我们没有任何内在的理由，采用西历的基督纪元作为研究的时间框架；同时，以传统的中国朝代纪年来标出一段段文化史上的重要时期，也未见得真正合用。也许，笼统地称之为“晚明”，不失为一个骑墙的过渡办法。但是，我们也必须考虑到，在研究这一段的思想文化史时，最合理的做法应该超越明、清换代的界限，而以 1500—1750 年的那段时间作为参考标架。尽管如此，我还是要用“16 世纪”去概括奇书文体，不仅因为 1500—1600 年正跨越着四大奇书流传的一百年，而且因为它恰好概括了经济、思想史的各个领域的显著发展。因此，这个乍一看来未必可取的“世纪”分期方法，居然在这里成了一个有用的研究工具。传统的读书人和现代的历史学家有一种共同的看法，认为 16 世纪的大部分时期给几乎每一个领域都注入了新的元气。

首先，我们要观察该时期的政治气候，当时的宫廷阴谋和军事活动是大多数传统的及现代的明史学家所津津乐道的话题。表面上，这一百年间是一个相对的和平时期，象征着明政府当年赫赫武功的“三大征”却令人不禁油然想起《水浒传》里的“征四寇”。16 世纪明代的内政也显露出明显的危机。嘉靖和万历二帝都是刚愎自用的人物，朝中的大臣既有身怀治国平天下之术的经世政治家，如夏言和张居正，也不乏祸国殃民的大奸臣如严嵩之流。朝廷大臣之间的正邪之争，还不是 16 世纪明代政治的全部，16 世纪又是一个专权的著名宦官辈出的时代，刘谨和冯保，仅是两个例子而已。这样的历史背景，产生了 16 世纪明宫著名的“三大案”。

激烈的政治斗争，使知识分子不能置身事外。雒于仁谏君的“四贪”折和后来东林党人的兴起，充分表明了文学和政治之间的微妙而深刻的内在联系。我甚至进而推论，这种新起的批评姿态也许就是产生犀利的反讽眼光的因素之一，它为文人小说的修辞惯例的发展提供了至关重要的成分（其证据当然不仅仅是《金瓶梅》的“四贪词”和雒于仁的“四贪”折的名称巧合）。

从某种意义上说，16 世纪的明代经济也处在大的动荡之中，商业的发展、长江中下游地区都市的繁荣、人口在百年内剧增两至三倍，促使明政府施行一系列财政上的改革。“一条鞭”税法的推行，国家经济向银本位的转化，社会流动人口的增加，郑和下西洋式的海外探险的试探，种种都引起了思想史上的剧烈变动。正是在社会的政治和经济领域激烈变动的背景下，晚明的思想界也酝酿着重大的变化。

二　明代思想史特色与奇书文体的形成

16 世纪的前半叶，正是王守仁（王阳明，1472—1529）学说播及天下的时候。王氏的学说打开了明儒学案的新天地，并成为地位显赫的显学。程、朱、陆、王薪火相传，真可谓承先启后，继往开来，其影响渗透到明代思想史的各个方面。当然，这种影响也不例外地涉及明代的小说。在对四大奇书的诠释中，我们经常援引《四书》，特别强调正文和评注中援引到“心学”的术语。比如说，孟子的“人皆可以舜尧”的观念，为王氏的学说吸收和推广，也隐隐约约地体现在奇书文体中的本色人物身上。在更细致的层次上，我们还应注意到“功过格”与白话小说对人欲的探讨之间的微妙关系，以及它对传统道德观的再评价问题上的贡献。

在认定16世纪文人的基本思想倾向是“儒”的同时，我们也必须注意到佛家和道家思想的影响。嘉靖之崇道和万历之兴佛，正是16世纪明代思想史上著名的“三教合一”思潮的一个鲜明写照。在这样的兼容并蓄的思想史的背景下，形成了16世纪明代的特殊文明。这一文明从15世纪的后半叶开始成熟，其先锋是画坛上显赫一时的“吴门画派”。沈周（1427—1509）、文徵明（1470—1559）、祝允明（1460—1526）和唐寅（1470—1523）等“吴中四才子”的出现，标志着这一文化现象的开始。到了16世纪，这种文明的代表性体式扩大到了造园艺术、珍本书收藏和古玩鉴赏等等各个领域，在其发源地苏州进入了多姿多彩的鼎盛期。

绘画与书法，诗歌与戏曲，散文与小说，始终是这一文明最耐人寻味的体裁。限于篇幅，这里只能选择其中的几个方面，略加申论。宋代早已有了“文人画”的现象，但直到15世纪末，它才以成熟的姿态，出现在艺坛上。文人画追求高雅的艺术意境，有一套特定的章法，从题材的选择到画面的布局，从色彩的运用到意境的创造，都表现出匠心独运的时代气息，代表着文人“自我意识”的觉醒。在弘治和正德年间，晚明的散文大家辈出，宋濂、高启、方孝孺等等均是。明末和清代的一些评论家都把 16 世纪看成是古文和诗歌创作的新开端。前后七子兴起的复古高潮，所谓的“文必秦汉，诗必盛唐”代表了当时的时代精神。而在这文学潮流的激变之中，一个重要的问题是关于散文的“法”的讨论。在这里，古文评点和八股制艺的研究，互相阐发，用于讨论散文章法的专门术语——“照应”“承上启下”“顿挫”“顺逆”——已经大量出现。它们不仅为古文和时文批评所专用，而且广泛应用于戏曲的评论，最后发展成为一套成熟完整的小说批评。此外，散文批评的发展对小说文体的另一方面的影响，体现在修辞手法的借鉴上——尤其是口语和文白相间手法的尝试——我们在第四章讨论修辞时已经涉及，这里就不多重复了。

三　传奇剧与奇书文体

晚明的传奇剧，尤其是昆曲，标志着 16 世纪士大夫文化的一大特殊贡献，从一定的角度为奇书文体的美学发展注入了活力。晚明传奇的一个很重要的特征是它的空前的规模，出现了四五十出甚至更长的鸿篇巨制，既为复杂情节的展开开拓了可能性，又为奇书文体的结构，提供了参考的模式：把体现悲欢离合的对立情调、心绪、意象的各个简短场景，并置在一起，以造成类似诗歌中的对句的艺术效果；随着剧情的曲折起伏，典型的传奇剧逐步拓展它的表现范围，包括东西南北的地域，上流和下层社会的风貌，宫廷和巨宦的府邸，乃至烽火骤起的战场等等壮丽的画卷。所有这一切都被镶嵌在一个相对定型的结构框架里。传奇剧的故事由楔子开始，说明剧情和主题。剧终是照例的大团圆。在接近全剧正中的地方，则往往有一场映射大团圆的“小收煞”。传奇剧的这种结构图案，对于奇书文体的结构方式的形成产生了相当大的影响。

传奇剧的口语对白、抒情唱段和行为虚拟等各个方面的一系列技法，也对奇书文体的兴起产生了十分显著的影响。特别引人注目的是，传奇剧善于用词曲的委婉曲折来衬托直截了当的对白插文，使之随处展示行文的典雅机智，产生浓郁的戏剧性反讽。例如《牡丹亭》中精雅细腻的抒情场景间恶化着淫猥下流的幽默味儿，促使观众去欣赏这部充满青春激情的感人戏剧。这种刻意做作的微妙效果，促使这类戏剧成为“案头剧”。这是16世纪戏曲的一个明显的焦点转移，剧本从主要供舞台演出，逐渐变为刻印出来为文人雅士们的案头赏玩之物。无怪乎戏曲的刻本常常附有精美的插图、评论性序跋和详尽的眉批夹注。

传奇剧、奇书文体和文人之间的姻缘，千丝万缕，剪不断，理还乱。明代奇书文体的兴起与传奇剧流行的关系，还可以从两者对作品的思想内容都有着共同的执着探讨来观察。一方面，传奇剧与奇书文体，都有对严肃的哲理问题的探讨。例如，个人的欲望和社会纲常之间的冲突，“情”字的真假两面等等。另一方面，传奇剧和奇书文体都经常涉及历史与政治的问题。明清的小说戏曲，对政治问题尤为敏感。就传奇剧而言，杨继盛殉难之泪未干，就有《鸣凤记》的出现。清兵入关的尘烟未散，即有《桃花扇》的问世。至于奇书文体中的政治索隐，可以用《红楼梦》为代表，深为读者津津乐道。奇书文体和传奇剧的另一层关系，在于小说作者与剧作家之间的互相重叠。文徵明、郭勋和汪道坤等人都与《水浒传》繁本的早期刊行有某种联系。同样，《金瓶梅》作者的疑似人物李开先、汤显祖、屠隆和徐渭，也都是当时戏曲界的名流。罗贯中也是一位戏剧家，后来的短篇文人小说家冯梦龙、凌濛初、袁于令等人都与写作或刻印传奇剧或长篇章回小说有密切的关系。明代戏曲和小说的创作集中在金陵和苏州两地，都由同类的书坊刻印，就连读者和观众也几乎是同一批精于此道的人物。可见，从各种意义上来说，16 世纪的长篇章回小说与戏曲的发展基本上是同步进行的。明代在士大夫文化的各个领域取得辉煌成就的许多名人，都与奇书文体的形成有关系。这个现象直到明、清换代之际，才有所转变，小说创作开始落入才气较逊的匠人之手。最后，我们不妨加以注意的一个有趣现象是，奇书文体和传奇剧的读者和观众基本上都是在文人圈内，还不如一般人想象的那么广大。只要我们对明代四大奇书早期版本的规模、价格和版式略加考查，就会知道它们是专供少数人赏玩的艺术品，而绝不是贩夫走卒有能力和条件欣赏的通俗文艺，当时为后者服务的其实是说书和曲艺。

四　白话短篇小说与奇书文体

奇书文体与明末短篇小说的发展之间的关系，也十分引人注目。许多研究这一领域的现代学者都曾指出，17 世纪初著名的拟话本集里有不少成熟的短篇小说，其实可以追溯到明代的初期或中叶，有的甚至可以找到宋、元的来源。但是，我们在这里不能把先行的叙事素材，与后来的具有成熟体裁形式的精制作品，混同起来。有些近代学者试图说明，现有的明末白话短篇小说的总量中的相当一部分，是根据早先的素材写成的。这种努力对我们理解明代文学帮助很大，但这样的结论毕竟只是推测之词。假设某些明末的短篇小说确有早先的文本存在，也并不能改变下列的事实，即至今我们仍未发现 16 世纪之前有拟话本形式的通俗短篇小说存在。我认为，明代短篇和长篇小说两个传统是并肩发展的。与此同时，还有第三种类型的短篇小说存在，即所谓的文言小说。它发端于六朝，成熟于唐，直到明、清两代仍在继续创作和刊印。如《剪灯新话》《剪灯余话》和《聊斋志异》均是。

如果白话短篇小说的成书，相对来说是较晚的现象，那么一般人会认为，长篇小说——如“章回小说”这个术语所暗示的——的出现应该更迟。但事实上，年代顺序正好相反。明代四大奇书中的好几部问世都早于短篇小说，它们奠定的若干结构和修辞惯例，都被后来的短篇小说所采用。16 世纪的这些大奇书的版本也都有它们的先驱资料和底本，其中四分之三的故事有假定的底本，可以追溯到 14 世纪或者更早，只是到了 16 世纪才最后写定，而成为现在的面目。但是，成熟的文人小说依然可以被当作是对整个明代文学发展的新综合。它吸收了晚明诗文的审美特征和技巧，八股文的各种“作法”，小品文的闲逸气质和修辞方法，文人戏曲的结构图案与立意，以及某些的说书技巧。

四大奇书并不是 16 世纪明代长篇章回小说的全部，而只是其中的佼佼者和代表作。《平妖传》《东周列国志》《封神演义》《三宝太监下西洋记》等等，也都出现在 16 世纪。然而，它们现存的最早版本的确切年代都不早于 16 世纪 90 年代，这就意味着它们已经反映出《水浒传》和《三国演义》（也许还包括《西游记》和《金瓶梅》，如果我们相信它们是嘉靖或隆庆年间的作品的话）所奠定的文类形式的影响。

五　奇书文体与批评精神

上文我们对16世纪文人小说产生的政治、经济、社会、思想、文化和文学史各方面的背景，作了一番批判性的考查。考察的结果告诉我们，奇书文体绝不是附属于里巷的通俗文艺，而是晚明士大夫文化的一个不可或缺的组成部分，是一种深刻地反映了当时的文化潮流的精致文艺。从这个信念出发，我在本书各章中分门别类地研究了奇书文体五部代表作里的各种内证，这些内证不言自明地告诉我们，奇书文体是文人小说。我的研究焦点是反讽。我之所以选择反讽作为焦点，是因为它深刻地反映了奇书文体的批评精神。这一批评精神作为晚明的一种特殊的思想文化背景，值得我们在这里作一番总结性的回顾。

作为一种崭新的文学样式的创建者，奇书文体的作者参与了对各种传统文化因素的批判性重新评价和重新利用。这种批判性的态度既是文人小说的艺术核心，也是16世纪中国文化的一个显著特征。从上文对散文、戏曲、绘画等姐妹艺术领域的观察中，我们可以明显地看出，整个晚明的文化生活里出现过一个怎样的“批评的时代”。它既包括对若干经典历史著作的再评价，也包括对民族历史上一些重要人物和事件的再观察。这种批评的精神，在文人小说领域出现过多方面的影响，早在万历年间，就有人用序跋和附文评注的形式，对奇书文体的得失进行批评。这些早期的小说评论家从其他姐妹文化领域借用过来的分析术语，为 17 世纪中叶的中国传统小说评论的繁荣奠定了坚实的基础。我在本书中分析结构图案、形象密度、叙述话语、韵文和散文的创新运用、反讽的寓意和文人戏笔等等批评的变数时，就经常参考这些早期的中国小说评论家的见解。

我之所以强调这一新的批评方法，把它看作是明代小说兴起的关键，是因为这一精神里含有一种“自我意识”的觉醒，而这种自我意识正是中国传统文化中的一个崭新的因子。今昔的对立和互补，是贯穿中国文化始终的一个根深蒂固的观念，正如“古今交融”，是中国文人永久向往的理想一样。明代的知识分子面临一大堆过于庞大（任何个人也无法全面掌握）的文化遗产，便迫切地感到要重申自己的立场。这种文化负担贯穿了整个晚明的文化生活，而批评精神伴随着它的始终。是为本书的结语。

附录

中国叙述传统中的抒情境界

——《红楼梦》与《儒林外史》读法

高友工　著

本文试图探讨中国诗传统中“抒情境界”（lyric vision）的演变，及其对文言或白话叙述文学之影响，并特举曹雪芹的《红楼梦》（以下简称《红楼》）与吴敬梓《儒林外史》（以下简称《儒林》）为例。作者将集中探讨这一“境界”移植到叙述文类后的延续性（continuity）及在不同规套（convention）与递变的文化情况下所导致的内容与技巧之修正。此种解释或过分强调抒情风格，但有鉴于抒情传统在中国文化中的重要性，此一读法或不致有完全误导之虑。由于“境界”与

"抒情"二词在本文中有其特定意义，我将略述其中牵涉的观念。

"境界"一词在本文中意指剥除表层后一件艺术作品的意识形态基础（ideological foundation）即有时我们所谓的"意义"（meaning）或"旨趣"（significance）。由于此一"意义"乃由作品解释过程所发展形成，其中牵涉的毋宁是作品与读者间交互作用的问题。或者，如文斯坦所言，此意义"唯有假借读者强烈的，通常是随人而异（idiosyncratic）反应才能实现"①，因此依每一特定读者的知识、品味和观点而不同。但此种个人的主观反应并不如一般所想之特异或私密。个人品味实比众人所知更受整个文化背景所限制；因此欲研究个人解释者，仍需先客观考察整个品味与文化价值之历史。乔治·史坦纳（George Steiner）曾写道："伟大作品之撼动读者，有如风卷大地，直叩心门，受其化力者，意识信念无不随之俱移。"② 唯有带有如此"化力"

① Arnold L. Weinstein, *Vision and Response in Modern Fiction*, Cornell University Press, 1974, 16 页。

② George Steiner, *Tolstoy and Dostoevsky*, Dutton, 1971, 3 页。

(transforming power）的境界，方能通过我们的美感体验，终极动摇吾人之信念，使人自觉“在放下作品后，不同于前”[①]。曹雪芹与吴敬梓是以其想象力与认知力，直入中国文化心灵最深处的两位作家。我希望，下文能尽量深入挖掘这两部清代小说杰作的底层境界。

在讨论抒情境界前，我们须先说明：此一传统是一诗的传统，并不以明确的哲学论述为其基础。我们所能言者，此抒情境界乃所谓的抒情诗该文化现象下之“诗意识”（poetic consciousness）一部分。确言凿凿的哲学性解释将与“境界”“抒情”二辞之性质相矛盾。此一“境界”的个人性及随之而来的弹性，可清楚见于我们早先视境界为解释的定义中。在此，我们可检讨一般抒情诗人认为“推论语言”（discursive language）不利于沟通的看法。但不管此一看法的存在，不少与抒情观点相投的哲学议论仍不时对底层的诗意识有所影响[②]。此于中国文学尤为正确。律诗和词就是古典诗长期朝“抒情内化”（lyric interiorization）的演变结果，而起源于六

---

① George Steiner, *Tolstoy and Dostoevsky*, Dutton, 1971, 3 页。

② 参照徐复观《中国艺术精神主体之展现》，收于《中国艺术精神》，台北：台湾学生书局，1966 版，45—143 页。

朝折中各家的个人主义断想[1]。

所谓“内化”可借“诗言志”这一简单格言所含二层意义得到最好了解。在古中国，“诗言志”界定了诗的功能[2]。通常的，直截的诠释下，此一公式接近训诲主义的教条：“以语言表达诗人的当下意旨。”其目的显然是沟通，对象则是外在世界。然而，中国历史早期对“推论性沟通”（discursive communication）由衷的不信任以及对内在经验的极端重视，使同一格言有了更精妙的扩充：“言”一词因此演变成意谓整体地表现（total realization），包涵“语意的表示”（semantic representation）与“形式的呈现”（formal presentation）两方面[3]。有了如此的境义，“志”一词亦再也不足以涵盖诗境界的内涵，它因而被扩充成泛指一特定之人于一特定之时，其整体经验——所有的心智活动和特质——之主要构成。在此一参证格式里，“志”可等同于一个人平生某刻的“意义”，“境界”则成为此

① 至于抒情传统的问题，此文只能粗略谈过，待以后再作详论。

② “诗言志”之说已有广泛的讨论，最近则有刘若愚的《中国诗学》（*Chinese Theories of Literature*），（芝加哥大学出版社，1975 年）。书中对早期中国文学批评有详细的论述，尤其见 67—86 页。

③ 这一观点显示为某些早期注释者所持，如《诗·大序》中所见。

一“意义”的全面表现。

故当抒情诗用它的形式语言捕捉了“此刻”，同参与此一经验的读者分享，它隐隐变成推论性语言外的另一选择。在此情形下，“经验活动”（experiential act）与“创作活动”（creative act）或“再创作活动”（re-creative act）完全无从分辨；抒情经验即是最终的诗形式。此一象征世界由意象组成，由形式的、内在的规则（如对偶）所架构[1]。由于并不指向外缘的世界（the contextual world），故其主意是向内的，指向一本质的层次，一个理想的，或理想化了的，自容与自足的世界。心灵之反省具现于其觉中；美感经验同时也是伦理经验。置身此种时刻，诗人如陶潜每有于简单、日常的自然体验中了解“深意”的满足（“此中有深意”）[2]，伴随着不愿去法多所言说此一“意义”的感觉（“欲辨已忘言”）。

但此一理想自有其限制；如上所述，其体验不免是私密而稍纵即逝。不过，借由美感经验中所生的瞬间悬

① 此通常以律诗中间二联为代表。

② 此种态度完美具现于陶潜“饮酒二十首”之第五。See James R. Hightower, *The Poetry of Tao Ch'ien*, Oxford University Press, 1970, 130—132页。

离感（momentary suspension），它或许并不受此限。这乃由于诗人已另发展出一信念，相信此一“悬离”要远比其他任一意义更具深意。虽然，现实总俟于一侧，在抒情时刻过后再度席卷诗人。时间和空间的两轴再次成为一加诸诗人身上的参证格式，诗人须重为其视境定坐标，努力与外在世界重做接触。即使诗人自外于社会关心，他亦无法完全逃避时空距离；此一时空距离的侵入常以两种不断重复的母题出现：诗人与他人的疏离以及人生的短暂感[1]。这一“客观的”背景不可免地造成了一种紧张。这一切底下，视“私我”（private self）和“公我”（social self）之二分为不可免与妥当的看法并未有所改变一切端系于诗人对抒情意识形态（lyric ideology）投入多少而定。他或者将以感官世界为唯一终极的根源，或无法肯定此美感经验并非徒为短暂、自我蒙蔽的悬离。在后一情况下，重新进入现实将不免令人不安，怨苦，甚至失去抗拒力[2]。此一与现实的遭遇最终能否熔铸成一和谐之整体，或转成强烈的冲突，几可

---

① 此二主题是“古诗十九首”的主要母题。往后在律诗中，这些主题被用于最后一对句，以与前三对句所表现的趋时间的喜乐成一对比。

② 王维的律诗可用来代表前一态度，杜甫为后者。

作为探测诗人意识深度的一个标准。

长久以来，此一抒情传统在中国文化中占有极高地位。自然，我们永远无法确定诗人对他自己哲学信念的自觉程度。但对我们而言，主要问题并不在于诗人相信此一境界与否，而端系于他对此一普遍化的传统生命境界的认同程度。当我们回过头来讨论曹雪芹和吴敬梓，我们将发现：由于无法完全追随此一方案，二人在处理小说中所呈的整体经验（totality of experience）时，面临了困境[①]。

相对于前述抒情诗本质的混含暧昧，叙述文学须更直接地拥抱"整体"的问题。抒情诗乃基于"内化"，而叙述文学则是见诸"外化"。此一外化实有许多不同的层次。首先，由于叙述文学必须保存众人的经验以传留后代，时空的坐标——作为外在世界甚或个人经验的参证格式——得被转化成某些外在的实体，而这些外在的实体本质上与自我反省无关。其次，叙述的活动可满足他人之需要：其意在取悦与教诲群众。对群众反映的考虑因此终将支配创作，而叙述文学的许多特征也只有

① 当作者将自我之声音融入一叙述结构，他即进入所谓"抒情小说"之领域。

当这些外在因素被列入考虑时方可解释。再其次，故事中所展现的大体都是些易于外化，可经由感官想见的现象。如果，一如抒情人所相信，推论性语言不足以表露内在自我、叙述文学的作者仍可借最少量的描述和情节（在二者中推论性语言可克尽职责）达成沟通，而把其他一切交付读者的想象力。他并不需要羼入附加的评论或“自省的内在对话”（self-conscious internal dialogue）以发掘内在的视野。

中国传统中有两种平行发展的叙述文类，即文言与白话。虽然后者也许更具多样性，对群众有更强的诉求力量，但前者无疑属于较高层次；由于被视为士大夫阶层教育的一部分，因而与抒情传统有极密切的认同。在中国，经书上记录最早的叙述作品并非庄严的神话或史诗，而是一些基于传说或事实的野史（quasi-history）。经书之后，文言叙述文学中出现了两种最普遍的副文类（sub-genres），即传记与寓言；分别是历史与训诲之作。此二者中，人物之功能或以展示哲学真理，或以为人类行为之典范。如果我们依照 Robert Scholes 与 Robert Kellog 分析副叙述文类的方式[1]，将可立即注意到另两

---

① *The Nature of Narrative*, Oxford University Press, 1966, 11—16 页。

种副文类——即自传与传奇（romance）——的付之阙如。很有趣的是，后两种文类强调的正是抒情创作所需的自我反省和浪漫想象。此一现象也许可由抒情诗的普遍优势得到解释。传记与寓言，由于本身的客观性和载道功能，很早即为中国传统中的重要文类；自传与传奇却因为缺乏此性质和功能而未能发展确立。在纯粹的传奇里，想象力所诉诸的是单纯的美感愉悦，并不需有外在功能的考虑。但没有意义的传奇，从中国文化功能取向的观点而言却是不可想象。唯一允许想象力自由的文学形式是抒情诗，其内在的意义肯定了本身的功能。同样，就某一意义而言，抒情诗未尝不可与我们企图在自传中捕捉的反省内观的一刹相等同；但中国人对推论性语言的怀疑却阻止了除抒情诗外，任一企图表现此一情境的文学形式之发展。因此，原可轻易铸入抒情诗中的“传奇”和“自传性”的成分一直要到相当晚期方能发展成个别的文类。

抒情与自传，抒情与传奇的相关联也许在《离骚》一诗中最为清楚可见。《离骚》事实上并非如许多人所言乃一史诗或叙述诗，而是一长篇抒情诗，其中有一些抒情段落深植于一叙述架构（narrative framework）中[1]。《离骚》之后，诗人陶潜亦有以新式散文表现抒情境界的企图。陶潜的自传，假记一不知名的“五柳先生”，代表了此一方向的最早实验[2]。在此一明显的自传性之作里，陶潜成功地表现了他的境界：一个忘情于世的人。同时，在当时追求志怪故事的新潮流当中，陶潜亦默默写出了《桃花源记》这样一篇调子低沉的传奇——表达了他对乌托邦的强烈向往[3]。由于隔绝于历史无情的延续外，此一地上的乐园——一种永恒的“现在”方得以留存。事实上，《桃花源记》只是一更长的叙述诗之序言。这两篇作品，一属自传，一属传奇，只是借叙述的规套以表现抒情。

抒情诗的美学在中国传统中，确曾被普遍视为文学的最高价值所在。司马迁的传记及庄子的寓言毫无疑问是历史与哲学性的作品，但若有人试图证实司马迁所用史料的对错或庄子议论的真假，必然会错失这些作品的真正价值与旨趣。此二文学巨构，其伟大全在于具现了

---

① David Hawkes, *The Songs of the South*: *Chü Tz'u*, Oxford University Press, 1959.

② See James Hightower, op. cit., 4 页。

③ Ibid, 254—258 页。

抒情境界的精髓部分，而不在其他功利之用上。唯有有了这样的认识，我们方能了解何以国人如此推崇“伯夷叔齐列传”，虽然其背后只有极少量的史实。当叙述的趣味及道德的启发都臣服于此一压倒性的抒情境界下，一个单独的动作，不论是发生于真实或想象中，即已足矣。

当我们回顾看《儒林外史》与《红楼梦》，这两部杰作核心的抒情境界在较早白话说部的对照下益发明显。尤其是——早期小说通常直接或间接与民间的讲唱文学有关，某些以情节或人物为重的因素因而压倒了与文人传统有关的抒情境界层面。但颇有深意的是，即使在那些相对的以动作为主的作品如《三国演义》与《水浒传》里，“兼善”（commitment）与“独善”（withdrawal）[1] 此种可远溯至司马迁与庄子的永恒主题，终究能把读者引领至一类似抒情境界的意义层次去[2]。

降至 18 世纪前半，白话说部不仅已在大众间确立，也流传于文人阶层，人们对小说的兴趣大为增加。《红

① See Burton Watson, *Records of the Historian*, Columbia University Press, 1969, 11—15 页。

② 尤见于司马迁之刺客列传及其为项羽、李广等武人所作之传。

楼》与《儒林》一方面继承了白话小说的传统规套，另一方面却与过去有了显明的决裂，此一决裂尤见诸作者在建立一统一境界（我们所谓的抒情境界）所显示的批判性自觉中。当其时，抒情传统本身的活力已久沉滞。模仿的成分超过了创作的成分，其中的经验内容愈趋讲究纯粹的美感——所谓“声色”（sensuality）的追求，而缺少了更富意境的文类所具的真正了解力①。另一方面，对境界的追寻犹是传统中伟大艺术作品的基调，也仍是大而言之中国思想，特而言之抒情传统的一主要部分。但中国文明在此时却到达了也许是极其严重的转折点：西潮的冲击与许多积累的内部问题联袂而来。曹雪芹与吴敬梓虽是传统文人，在经历各自的生活危机后，必定曾感到个人生命再也无法如纯诗人所假定，可与大众的世界分离②。即使二人继续自承写作小说是一无聊小道，反对者当亦无法否认在他们作品背后显然的严肃

---

① 史家通常认为清代有一古典的复兴。但我们也许仍可说：虽然诗的形式与感官层次有所复兴，早期抒情传统中的境界经验却未显现。

② 曹雪芹与吴敬梓的生平仍待翔实的记传，但就现有有限的资料，我们至少可确定两位作者曾遭某些个人危机，晚年处于负困。See Jonathan D. Spence, *Ts'ao Yin and the K'ang hsi Emperor*: *Bondservant and Master*, Yale University Press, 1966.

旨趣。曹、吴之所以选择叙述而非抒情表式，正是二人想重省传统的抒情人生观，欲以此新形式涵盖更广大多样的经验视野之一明证。假如结果并非完全回归早期的抒情境界，至少显示出了一些抒情境界的内在限制。

既确定此一自我实现的境界为曹、吴所共有，我们可由二人小说的相对特征看出他们对此境界适用问题的不同观点。吴敬梓保留了小说文类的公共性（public nature），明显地坚持传统的讲史方式——书名中的“史”清楚地表明其性质。虽然其境界中心所呈现的学者人物不属于历史英雄，他们仍生活于高贵的——也许僵化的——传统中；或是盲目接受传统，或是挣扎着要了解它。在贯穿小说的时间架构下，人物是无数表面上无关事件的唯一串连线索。当这些人物迅速凋零，唯有“名”与记忆留下。为了对抗永恒的遗忘，仪式乃成为境界的焦点。

另方面，曹雪芹似乎追随人情小说的先例，为他极其个人之作经营了一较秘密的规模。《红楼》的另一书名“石头记”透露了此书结构上的神话来源，但“梦”——人生中的太虚幻境——或许才是其中心境界的较佳界定。此处所谓人情小说之题材可能导致误解，因此一题材现已扩充至涵盖无数的人物生命，且在神话的空间架构中赋予他们更大的意义。此书因此集中于探讨最永恒的因素：人类关系（human relations）到了曹雪芹之时，没有对象的纯粹情感已不具意义，然而一旦感情对象与统合的神话系统失去联结，这些关系亦迅速崩溃。

现在我们可看出二作品间的明确对比。吴敬梓观照在社会群众中展现的个体生命，及归于仪式的客观关系所构成的历史间架。曹雪芹则观察被安排在神话架构里，且主观地呈现于梦中的私人生活。根据弗莱（Northrop Frye）的说法，二书皆为混合体，一为小说与分析（anatomy）的混合，一为小说与告白（confession）①。许多人因此认为《儒林》为讽刺小说，集中注意于科举上，而无法超越此一明显的指涉，察觉到科举乃为替文人从事不可能“立名”之举的主要制度。同样，我们应超越视《红楼》为一三角或多角之恋的企图。“爱”终极是一私密的交通及信誓，本书中爱情关系的悲剧结局并非只是反派人物的操纵，或是婚姻

---

① *Anatomy of Criticism*, Princeton University Press, 1957, 303—314页。

制度本身，而是求此爱情关系永恒的欲望所致。欲使个人内在品质客观化，与欲使人类关系永恒的企图自然地在抒情境界中形成紧张——小说的意义即在此。

在叙述文学中，尤其是中国叙述文学中，作家并不赘辞披露人物内在经验或解释事件之因果。本此，围绕动作的插曲便形成小说形式的架构基石。当我们视二小说中的个别插曲为动作与意义间的真正“简介”（mediating construct），我们将发现更具价值的作法是置批评重心于它们的象征——而非描述、叙述——功能上。尤其当我们体认书中诸多插曲对叙述情节、描写人物并无推动之功，反之其目的乃在呈现某种抒情经验。换言之，各插曲与更大脉络间所有的外在意义被减至最小，以便其发展为整个作品象征意义的要素。底下，我将讨论《红楼》《儒林》中某些插曲的象征作用，因其详示了二作抒情境界之向度。

但在此之前，我们须了解以“抒情”二字描述此种境界可能导致误解，因此类经验常并不具狭义的美感，反之颇近游戏一类似庄子“游”一概念[①]。《红楼》与《儒林》中的此类经验其范围从简单的游戏（放风筝、

---

① 参考徐复观，《中国艺术精神》，60—70页。

钓鱼或文字游戏）到感官享乐（饮酒、盛宴、节庆、戏曲）、良朋聚会（例如聊天或清谈）及即兴创作（诗、书、音乐）。基本上，诸游戏享有某些类似性质，尤其是事实判断的中止（suspension of practical judgment），及强调“嬉游”“自容”“自足”等价值。当然，就定义而言，这些价值只在有限经验范围内有意义（即思后而得或第三者分析所得的意义）。但作为读者，我们亦身居一特殊地位，得由更大的视野检视类似插曲。

一个人也许立即注意到，所谓抒情经验实深植于感官经验之中，而后者在某一意义上架空了早期抒情诗人极度珍视的“自足”。早期抒情传统因此普遍将感官之需减至最低，只取自然之中举手可得之物，甚至避免奇异的山水，以其不真，转而更重视单纯的田园景物（例如陶潜）。然则往后抒情诗之发展渐由禁欲主义走向最无抵抗的方向：感官享受被强化成美感经验的基础。于是，由有意识的节制感情（于一反省的脉络下）一转而为强调激情反应：此可由晚唐诗、南宋词与明曲得证①。《红楼》与《儒林》中的此种经验层次往往使其中的抒

① See Lin Shuen-fu, *The Transformation of Chinese Lyrical Tradition*, Princeton University Press, 1978.

情经验在质上与《金瓶梅》一类作品中所描绘的极端声色无异。

如果此种物质层面的基础已为抒情境界的有效性埋下严重的质疑，一旦发现参与此类经验者的动机不齐，将为我们带来更大困扰。除了寻声色之乐，《红楼》人物的目的常是为了自夸。《儒林》人物在写实背景下所显露的动机却几近惨不忍睹。第十二回娄氏兄弟在莺逗湖畔大设宴席，文中尖刻的语调并不只因牵连大部分贵宾的骗局后来被揭穿，主要乃为主人本身虚伪作态，故拒科举，并与假隐士通声气以博虚名。这些插曲从表现单独经验的内在象征作用转变为统括全书的更复杂象征架构。这种解释当然源自中国叙述文学从结构——而非特定人物或情节因素——来看作品整体意义的传统倾向。

然而同时，旧小说传统上以“架构故事”（frame-tale）或“引跋结构”（prologue-epilogue structure）象征整部小说意义的技巧又可稍加修正，而改以“典范故事”（model story）——通常是一个神话寓言或一理想人物之传记——作为整部作品的一个暗喻。《儒林》引子中的王冕故事即模仿《水浒传》第二引子王进故事而来。与小说中其他故事相隔百年，王冕过的是传统中国诗人隐士的理想化生活。他的特殊处乃在受过正规教育，未参加过科考，无官爵，更重要的，不求声名。要之，他过的是一种不与功利的生活。在小说的进一步发展中，这一理想人物之肖像转而代表了一“黄金时代”传奇性的残余。虽然此后王冕的名字未再被提起，他仍然是读者心目中用来衡量其他追逐功名之人的模范。唯有另一角色，即圣人般的虞育德，得到了作者在三十六回的详细立传。但他无疑缺乏王冕的艺术气质，与不为俗染。最后，其间又相隔几十年在全书的尾声部分，我们终于在四个安于寂寞，分别醉心于琴棋书画的晚期艺术家身上看到了至少是王冕表象的折射。在这最后的混合图像中，作者可说已勾勒出他心中理想人物的形象。这些艺术家他们不同于王冕的只是：纵使他们竭力想挣脱，现实世界之侵入已在他们身上烙下印记。

《红楼》的引子则可分为数个层次。作者几次企图开始故事，但直到第六回方才抓住情节主线，进入正题。不同于儒林结构上独立成章的典范引子，这些插曲提供了一架构，在神话背景中纳入主要的人间故事。但即使在此神话背景中，仍有至少两组平行、对立的神话人物，即风流灿烂的警幻与严峻的僧道。后二者在该书的写实前景（mimetic foreground）中云游出入（二十五、一百十七回），具引领宝玉悟道之特殊功能；但出现宝玉梦中（第五回）的警幻显然更具象征意义，透露出全书象征架构的哲学基础。由前三引子，读者逐渐得知宝玉前身为顽石，得天此石和黛玉前身绛珠草之渊源，及宝玉生命中十二名女子的既定命运。换言之，我们从单独存有的自我——唯有自觉——进入有强烈依恋感的二人关系，进而至于为宝玉的爱力所结合的众人。

《儒林》中，引子与尾声中的两组典范人物投射出自我实现的主题，及此主题在历史时间中可能的变化。反之，《红楼》人物则被置于一具现理想关系的奇幻空间中，而这理想关系注定将归于幻灭。要之，二书皆援引理想化或神话的插曲，以透露其意义于读者不经抽象思考即可直接领受的经验。

因此，二书基本上可视为此等插曲所涵象征架构的体现和重复。我们与其视这些插曲为高潮或“母题”（motivation），毋宁由其与全书象征意义之关系论之更足以逼近其意。抒情境界的全貌（the totality of the lyric vision）在《红楼》中乃由大观的空间暗喻所象征[1]；在《儒林》中则由泰伯祠祭所现过去记忆之时间暗喻象征。以此，我们若于二书寻找高潮点，结果将分别是泰伯祠的祭典与大观园的竣工。前者给《儒林》中其他插曲提供了一参照点，后者则启动了此后将于此理想背景中发生的纯粹抒情时光，与其纯是寻找导向最后结局的发展模式，我们于解释此二书时若能深入探求所有插曲重现，对位的象征韵律，亦将大有收获。

在《儒林》的第一部分（二至二十四回），文人挣扎于科举功名与隐士佯拒科场的现象交替出现。他们皆为视“名”为确定自我价值方式的社会风气牺牲者；或经官爵之阶以攀升，或以基本上反社会之奇行以博名。中间部分（二十 B 回至三十七 A 回）节奏突而转为低沉，调子较少嘲弄，而更富写实感与同情。情节开始集中于少数的中心人物：一群对科举漠不关心（至少表面上）的“学者”。但这些人的生命在回顾中，整个说来是漫无目的。本书最后一部分（三十七至五十四回），

---

① See Andrew H. Plaks, *Archetype and Allegory in the Dream of the Red Chamber*, Princeton University Press, 1976, Particularly Chapter eight: “A Garden of Total Vision: The Allegory of the Ta-kuan Yüan”.

节奏加快，规模扩大，包括了许多来自社会底层的人物，有时表现出流俗所赞赏的英雄行径。他们经常追忆往昔的风范——但并非引子中的王冕，而是本书中间部分的人物。前者对名的狭隘执着也唯有他们对江湖道义的坚强信仰可差堪比拟。这些人的顽固、褊狭，就人物刻画与情节言，有时几到了不可信程度。然而他们乃前一批人物的完美衬托；此书的复杂意义唯有我们把这两组人物纳入全盘考虑时方才变得清楚与完全。以此，对尖酸者而言，泰伯祠祭不过一自我陶醉之琐事，对这些人而言却提供了一十分真切的永恒之幻象。

《红楼》中，宝玉的爱情有时似乎建立于自我否定及牺牲之行为上，但证之典范故事，这一切实是自我欺骗。他与大观园中女子的各种关系为此书结构形式的基础。在大观园此一理想的存在里，他似乎企盼着能不经占有而与所受达到完全的了解。但本书开端，当与村女的惊鸿一瞥竟也使他怅然若失（十五回），则情形已很显然：他将永为可能失去美丽事物而感到不宁。此一信息在警幻对宝玉的警示中已十分了解。所谓意淫可能比肉体欲望远为有害——虽然宝玉曾加以辩白。我们甚至可进一步说，由于种种欲望，他无法了解抒情诗人所宣扬的看法，即认为情爱将使人深陷于外在世界的纠葛，而损害自足的内在世界。小说结尾，宝玉的情爱极具深意地为白雪苍茫的大地所代替。在这荒漠的背景下——某些抒情诗中不乏此景——宝玉回返其原始的状态，大观园中同伴的记忆融入过去，复被镌刻于石上——此石即其真我。宝玉终于从对外在的依赖归依自足的自我。由于此一空间的模式与时间的韵律客观地界定了宝玉的存在，我们再度回返到早期抒情传统的中心问题：即抒情自我之境与现实世界间的必然冲突。

现实与理想世界的排比，在叙述文学中，远较在抒情诗中复杂。但我们至少应知，小说人物于一抒情插曲中对此二者冲突的感知，与其综其一生对此冲突更为思辨性的反省并不相同。但这些不同的悟解最终却可能被统合成一整体的境界，即当人物对其经验之无常与虚幻有了反省，当其种种反省形成模式与韵律，因而自然的暗设了一超越自我及现在的永恒。就抒情传统而言，客观性与时间至好不过是外围的枝节（peripheral），至坏则带来困扰，甚至威胁。然而在叙述观点下，客观世界与时间变迁之经验实为不可或缺，甚或比抒情时刻更加实在——此乃由于抒情自我在叙述文学中必须安身立命于时间的真实中。

当抒情自我欲重定时空坐标以求安身立命，最直接的威胁莫过于时间的不断流逝。对时间的执着笼罩了《儒林》全书，尤其是就其与“史”的关联言之。与在往事的不断被提起，甚或往事的淹没忘怀中，暗藏着以“名”与自我完成抵抗时间消逝的努力。情节的迅速发展，背景与人物的不停变换，正为表达此种迁流感的有效手段。如泰伯祠祭原用以表现对过去的永久追忆，短短几页后本身亦转为记忆，而于书之末了，庙堂已化为废墟矣。“名”的永恒性复为后人对历史事件的混淆所嘲弄（第五十四回）。

相对地，时间在大观园内似乎静止。宝玉的困惑是永恒的，暗示着稍纵即逝的青春之美——这可由他对婚姻，至少对已婚女子的轻视中看出。时间最终惊醒了宝玉，当绣春囊被发现与随之而来的搜检促成了他与现实的遭遇及大观园的崩溃。但真正的冲突也许应为，由于现实的侵入而导致的天真的失落。基本上，此理想世界应被界定为幻象，因理想化之物不能为真，理想化之关系并不得为真。这也是为何《红楼》的神话插曲不断覆述“真”与“假”的混淆难辨。宝玉的觉醒因此以顿悟的形式出现，超越抒情经验的感官界，进入对终极概念“无”的思辨性了解。

无疑的，无常与虚幻乃属概念架构而非底层的意识形态。它们也许深深影响曹吴，渲染了他们的中心境界，却并未全然征服他们。这里，让我们回头讨论二书部分片段的自传性质。当曹、吴创作《红楼》《儒林》时，二人可谓处于寂寞困穷中；过去的回忆可能带来快乐，但也不能免于夹杂悲苦辛酸。也因而在描写二书主角贾宝玉与杜少卿时，无法只是自我纵容而不加批评。杜少卿失去了其兼善的怀抱，也虚掷了同情与财富。宝玉最后发现他衷心所寄托的一切事物乃建立于虚无的幻觉上。二人皆未能超越其限制，亦未能为其生命找出意义。

但我们仍可另采一解释观点，解释把重心从对此境界全貌之知性了解转移至感官想象之经验世界的单纯快乐上。只要个人能全然融入一抒情经验中，那顷刻即深具意义，正如身为蝴蝶的快乐绝不逊于身为庄周的喜悦。曹、吴虽然身遭重重挫折与困顿，却仍极其珍视抒情经验；此可由二人对艺术的忠诚充分得见。就某一程度而言，他们的艺术也要比其个人经验的记忆为真。以此，二书结尾乃有对创作过程本身的反省绝非意外。当一曲古琴忽作变徵，弹者的唯一知音凄然泪下——吴敬梓就此结束了他小说的叙述部分。此时，他复以其典型的精简文体，设下一修辞的问难（rhetorically asked）："难道自今以后就没一个贤人君子可入得儒林外史的么?"他避而不答，转以一长调作结（此词乃全书中的唯一诗作）：再次道出他对自己生命中抒情境界的不衰信仰。《红楼》结尾处，作者与道士就《石头记》意义所做的一番对话，与前此道士及顽石间的另一对话成一呼应。两段插曲分别以一绝句的两种变奏作结，道出人生之苦，文字之荒唐，及作者之痴。我们可视二诗作为一形式化意象结构的命题式结论（propositional conclusion）——此形式化意象结构即为全书之主体。

《红楼》与《儒林》在许多层次上实为二充满矛盾之作。但这些矛盾中，最具威胁性的莫过于对抒情境界有效性的基本怀疑——无论此抒情境界是就一单独经验或综合一生而言。虽然曹、吴皆判知时间必然的侵蚀与对真实的怀疑将严重动摇生命的整个境界，他们仍愿意有保留的依附于此一破损的生命境界；在危难中此境界仍慰他们以抒情的喜乐。当此二作者给出片断的境界或幻象，二人同时也对我们真诚地表白了他们破裂的希望。缘此种种，这二部书使我们自觉“在放下作品后，不同于前”。

本文译自 Yu-kung Kao，“Lyric Vision in Chinese Narrative：A Reading of Hung-low Meng and Ju-lin Wai-shih”，in Andrew H. Plaks ed.，*Chinese Narrative：Critical and Theoretical Essays* (Princeton University Press)，227—243 页。